KB108675

신라 경찰의 딸 설윤

초판 4쇄 발행 2023년 6월 10일

지은이 배미주
펴낸이 정혜숙 **펴낸곳** 마음이음

책임편집 여은영
등록 2016년 4월 5일(제2016-000005호)
주소 03925 서울특별시 마포구 월드컵북로 402 917A호
전화 070-7570-8869 **팩스** 0505-333-8869 **전자우편** ieum2016@hanmail.net
블로그 https://blog.naver.com/ieum2018

ISBN 979-11-89010-19-5 43810
979-11-960132-5-7 (세트)
CIP2020006916

책값은 뒤표지에 있습니다.

신라 경찰의 딸 설윤

배 미 주

마음이음

목 차

근원 있는 물은 샘솟아 올라 밤낮을 쉬지 않고 흘러
웅덩이를 채우고 바다에 흘러든다.
어질고 곧은 마음이 이와 같다.

- 맹자 〈이루 하. 18장〉

프롤로그

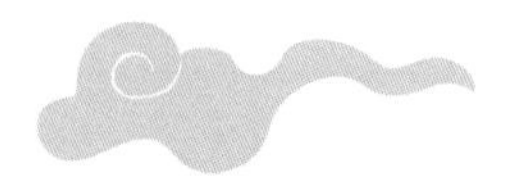

무언가 둔탁한 것이 남자의 뒷머리를 가격했다.

세상이 일순 캄캄해진다. 쓰러지면서 남자는 멀리 파란 바다를 본다. 바다 너머 그가 떠나온 세상도.

남자의 혼은 간절히 솟구쳐 올라 그리운 곳으로 날아가다가, 무너지는 육신에 붙들려 바닥에 내동댕이쳐진다. 아아, 틀렸다. 혼조차 돌아가지 못하는구나. 그는 이제 곧 자신이 죽게 될 것을 알았다.

캄캄한 어둠 속 한 줄기 빛처럼 맑은 얼굴 하나가 오롯이 떠오른다. 어질고 곧은 마음이 담긴. 죽음의 순간 떠올릴 얼굴이 있다면 그걸로 족하였다. 두려움보단 쓸쓸함이 마음에 차올랐다.

다만,

남자는 정신을 잃기 전 마지막으로 간절히 생각했다.

나를 찾아주어야 할 텐데.

너무 오래 홀로 버려두지 말고.

바다를 건너온 처용

푸른 파도가 용왕의 백만 대군처럼 쉴 새 없이 밀려와 하얗게 부서졌다. 포구의 상점들은 문을 꼭꼭 닫았다. 늙은 배무이 목수와 예인선 사공 몇이 하릴없이 서성댈 뿐이었다.

모화리에 사는 이방부 좌사 설치수의 쌍둥이 남매 윤과 창, 그리고 남매의 이웃이자 배꼽 친구인 해덕. 세 아이는 삼월 삼짇날의 찬바람에 몸을 떨며 바다를 하염없이 바라보았다. 개운포에 상선 들어오는 걸 구경 왔는데 바다가 이토록 거칠 줄은 몰랐다.

보름달처럼 환한 얼굴에 길쭉한 팔다리, 총명하게 반짝이는 눈동자와 야무진 입매, 똑같이 지어 입은 바지저고리 차림. 쌍둥이는 마음만 먹으면 해덕도 속여 넘길 정도로 똑같이 생겼다. 성정은 달라 남자아이 창은 잘 웃고 태평하고, 여자아이 윤은 영리하고 뿔송아지처럼 겁이 없었다.

"오늘 배 들어오는 거 확실하지?"

윤이 해덕에게 재우쳐 물었다. 해덕이 고개를 힘껏 끄덕였다.

"그나저나 어머니 몰래 이래도 되나 모르겠다."

창이 추워서 발을 동동거리며 말했다. 윤이 코웃음을 쳤다.

"흥, 그깟 점괘!"

"점괘라니?"

해덕이 호기심 어린 눈으로 둘을 번갈아 보았다.

창이 어깨를 으쓱했다.

"외할머니가 정월이면 우리 가족의 한 해 운수를 받아서 외할아버지 몰래 보내주시거든. 올해 윤의 점괘가 불길하대. 목숨이 위태롭다나 뭐라나. 특히 바다 건너온 자를 조심하라 했대."

"진짜?"

해덕의 눈이 동그래졌다.

"그러니 오늘 일은 비밀이다?"

윤이 야무지게 다짐을 뒀고, 해덕이 또 고개를 주억거렸다.

그때 수평선에 배가 나타났다.

"배다!"

셋은 한목소리로 외쳤다.

넘실대는 파도를 타고 배가 차츰 다가왔다. 얼핏 보기에도 열 발이 넘는 큰 배였다. 큰 돛을 두 개나 단 모습이 위풍당당했다.

"당나라 상선이구먼."

배를 고쳐주는 배무이 목수가 술값 톡톡히 벌겠다 싶은지 흐뭇하게 말했다. 세 아이는 신이 나서 목을 빼고 배를 바라보았다.

한데 배가 풍 맞은 거인처럼 어딘가 기우뚱해 보이는 것이 심상치 않았다. 배를 유심히 보던 배무이 목수가 혀를 끌끌 찼다.

"배에 물이 찬 모양이구먼. 뱃머리가 슬쩍 돌아간 것이 치목도 부러진 듯하고. 치목이 부러졌으면 방향을 못 잡을 테니 큰일이네. 저대로는 배가 선창에 닿기도 전에 가라앉을 터인데."

목수 말대로 배는 다가올수록 점점 뱃머리가 돌아갔다. 몸통도 풍 맞은 거인처럼 점점 더 기우뚱해졌다.

"어이쿠, 저거, 저거!"

예인선 사공들도 안타까워했다. 배는 속절없이 침몰할 것처럼 보였다.

윤은 안타까워 두 주먹을 불끈 쥐었다. 자신이 거인 영등할미라면 배 꽁무니에 바람을 후후 불어 해안으로 밀어주련만. 창과 해덕은 무서우면서도 흥분되는 모양이었다. 산불이든 풍랑이든 내가 당하는 게 아닌 이상 모화리 촌것들에겐 가슴 뛰는 구경거리에 불과했다.

그때였다. 뱃머리에 한 사내가 나타났다. 파도가 사내를 때리며 하얗게 부서졌다. 그가 몸을 솟구치더니 두 팔을 앞으로 쭉 뻗으며 바다로 뛰어들었다.

"억! 저, 저거!"

선창에 있던 사람들이 한꺼번에 소리를 질렀다. 시퍼런 바다가 그를 널름 집어삼켰다. 보기만 해도 숨이 컥 막히고 오금이 저렸다. 한참 가슴 졸이며 기다려도 그 사람은 나타나지 않았다. 숨도 못 쉬고 바다를 뚫어져라 보고 있으니 검은 머리통이 불쑥, 앞바다에 솟구쳤다. 파도가 거세니, 물밑 깊숙이 내려가 헤엄쳐온 것이다! 윤은 가슴을 쓸어내렸다. 다행히 개운포 포구는 바다를 둥글게 품은 모양새라 물살이 잔잔한 편이었다. 그를 보고 용기를 얻었는지 선원 몇이 따라 뛰어내렸다. 늙은 목수와 예인선 사공들이 뱃사람들에게 도움을 구하려고 달려갔다. 곧 뱃사람들이 가게 밖으로 우르르 몰려나왔다.

윤은 해안으로 달렸다. 헤엄이라면 자신 있으니 누군가 기진맥진하면 뛰어들어 구할 작정이었다.

"윤아! 안 돼! 어머니께 이를 거야!"

창이 다급하게 소리쳤다.

"아직 물이 차!"

해덕도 따라 외쳤다. 윤은 웃으며 바람처럼 달렸다. 가슴이 쿵쿵 뛰고 물비린내를 품은 바람이 시원했다.

윤이 막 해안에 다다랐을 때 배에서 뛰어내렸던 남자가 바다에서 걸어 나왔다. 차디찬 바람이 그의 벗은 몸을 때리고 얼굴에 달라붙은 머리카락을 흩트렸다. 큰 키에 바위로 빚은 듯 단단한 몸이었다.

사람으로 현신한 청룡 같다, 윤은 속으로 생각했다. 굵은 밧줄을 허리에 감은 그가 바다 쪽으로 고개를 돌렸다. 그를 뒤따랐던 선원들이 물 밖으로 하나둘 나오고 있었다. 그들도 밧줄을 몸에 감고 있었다. 뱃사람들이 너도나도 밧줄에 달려들어 줄다리기하듯 영차영차 당기기 시작했을 때야 윤은 그것이 배를 정박하는 데 쓰이는 홋줄이라는 걸 깨달았다. 밧줄을 넘긴 남자가 살짝 비틀거렸다. 윤은 얼른 다가가 그를 부축했다. 차갑고 단단한 근육이 느껴졌다. 고개를 들어 남자를 올려다보니, 그 또한 윤을 보고 있었다. 낯설고 신비한 눈동자였다. 잿빛인데 푸른 기가 돌았다. 풍랑이 거친 날의 바다 빛이랄까. 선원들이 떠들어대는 소리는 분명 당나라 말인데, 그는 어디서 온 것일까?

그는 아무 일도 없었다는 듯 성큼성큼 걸어가 줄다리기에 합류했다. 줄을 끄는 팔뚝에 불끈불끈 알통이 돋아났다. 뱃사람들은 어느새 입을 모아 배 끄는 노래를 부르고 있었다.

어이야사. 줄 댕겨라.
나불이 온다. 어기 여차.
어이야 사나 줄 댕겨라.
속히 속히 어여노 사차.

배가 서서히 끌려왔다. 윤은 뱃사람들이 기어이 배를 모래톱에 올려놓는 걸 가슴 졸이며 지켜보았다. 배에서 뛰어내렸던 선원들이 큰 소리로 떠들고 웃으며 푸른 눈의 남자를 부둥켜안았다. 그들은 남자를 '처용'이라 불렀다.

처용.

윤은 입속으로 이름을 뇌어보았다. 어울리는 이름이라 생각했다.

후두둑, 차가운 것이 이마를 때려서 윤은 어깨를 움츠리며 하늘을 올려다보았다. 용의 조화일까? 겨우내 가물었던 하늘에서 빗방울이 떨어졌다.

욱보네 주막에 도착했을 땐 말도 사람도 물에 빠진 것처럼 흠뻑 젖었다. 윤과 창은 해덕을 먼저 집으로 보내고 주막에서 아버지를 기다리기로 했다.

아버지 설치수는 이방부의 좌사직 무관이다. 이방부는 금성*의 치안과 형벌을 관장하는 부서인데 산불이나 수해 등 온갖 궂은일에도 손을 빌려주는 형편이었다. 이날도 설치수는 남산에서 시작된 불길을 잡느라 이틀째 집에 못 들어오고 있었으니 간만에 내리는 빗줄기가 반가울 수밖에 없었다.

윤은 이 단비가 산불이고 집 불이고 간에 다 꺼뜨려서 아버지가 빨리 돌아오기만 빌었다.

지붕 없은 앞마당에서 탁자를 닦던 모대가 남매를 보고 함박웃음을 지었다. 모대는 금성의 어리에서 아버지와 단둘이 사는 열 살 먹은 아이였다. 모대의 아버지는 달내의 쇠부리터에서 불매꾼으로 일했다. 용광로에 토철을 넣고 석 달 열흘 불을 떼야 좋은 쇠를 얻을 수 있다는데 종일 풀무를 밟으며 용광로의 불길을 일구는 고된 일이었다. 모대는 아버지를 따라 날마다 모화리에 와서는 아버지가 일을 마치고 오면 함께 어리로 돌아갔다.

"모대야, 국밥 두 그릇만 다오."

윤이 동전 한 닢을 주며 주문했다. 모대는 동전을 들고 안으로 뛰어 들어가며 소리쳤다.

"국밥 두 그릇이요!"

*지금의 경주.

윤은 그런 모대를 대견하게 바라보았다. 모대가 주막에서 일하게 된 데는 사연이 있었다.

모대는 서너 해 전, 한창 추울 때 아버지 손을 잡고 모화리에 나타났다. 아버지는 아침 일찍 아이만 주막 앞에 두고 일터로 갔다가 해거름이면 돌아와 아이를 데리고 돌아갔다. 아이는 주막 울타리 밑에 웅크려 앉아 아버지가 올 때까지 꼼짝도 않고 기다렸다. 그 모습이 딱해서 윤과 창이 말을 붙이려 했지만 아이는 누가 다가가면 구석에 붙어 벌벌 떨기만 했다.

주모인 욱보 어미는 남편도 아들도 잃고 혼자 억세게 살아온 외지 여자였다. 음식 솜씨는 좋았지만 성미가 보통 그악스러운 게 아니었다.

몹시 추웠던 날 실컷 놀다가 국밥이라도 먹고 몸을 덥히려고 주막에 갔더니 욱보 어미가 아이를 인정사정없이 때리고 있었다. 아이가 배가 고팠던지 손님이 남기고 간 음식을 훔쳐 먹은 것이었다. 윤은 아이를 막아서며 인정머리 없는 욱보 어미에게 거세게 따졌다. 욱보 어미는 사방팔방 거지들이 다 몰려들면 너희가 책임질 거냐며 모대를 관아에 넘기겠다고 윽박질렀다.

그때 한구석에서 두건 달린 회색 가사를 입고 조용히 차를 마시던 스님이 앞으로 나섰다. 키가 크고 콧대가 우뚝한 외국 사람이었다. 스님은 바랑에서 은자를 꺼내 욱보 어미에게 건넸다.

"저 아이의 밥값입니다. 앞으로 저 아이에게 날마다 국밥 한 그릇씩을 주십시오."

욱보 어미는 은자를 만지작거리더니 보일 듯 말 듯 고개를 끄덕였다. 그가 비마란타 스님이었다.

비마란타 스님은 서역 사람으로 당나라에 불법을 전하러 왔다가 신라인들과 인연이 닿아 신라에 오게 되었다 한다. 처음엔 이름 없는 암자에 머무르며 불경 번역에 매진했다.

어느 날 왕이 병이 들어 좋은 약과 침을 써도 듣지 않았고, 영험하다는 도사들이 주술과 기도로 병을 고치려 해보았지만 소용이 없었다. 비마란타 스님이 이 일을 알고 궁으로 와 며칠 밤낮을 향을 피우고 경을 외우니 왕의 병이 씻은 듯이 나았다. 이 일로 왕이 총애하여 국사로 곁에 두고자 하였으나 스님은 끝끝내 사양하였다.

"소원을 말하라. 무엇이든 들어주마."

왕이 말하자 스님은 그제야 소원을 아뢰었다.

"금성의 절은 너무 번잡하여 집중하기 어렵습니다. 조촐한 곳에 고요히 머물게 해주십시오."

왕은 탄식하며 말했다.

"높은 지위로도 금은보화로도 그대를 내 곁에 묶어두지 못하겠구나. 허나 가까이 두련다."

왕은 금성에서 가장 큰 절인 황룡사 주지를 불러 어명을 내렸다. 그래서 비마란타 스님은 왕궁에서 가까운 황룡사의 깊숙한 요사채에서 암자의 선승처럼 지냈다. 예불이나 공양이나 법회 같은 절의 모든 대소사를 따르지 않았고, 식사도 따로 하며 오고 감에 누구에게도 알릴 필요가 없었다. 그럼에도 왕의 병을 고친 비마란타 스님의 명성은 금세 널리 퍼졌다.

모대는 스님이 내어준 은자로 밥값을 셈했는데도 날마다 물도 길어오고 그릇도 씻고 바닥도 쓸었다. 시간이 흘러 스님이 은자를 내밀자 욱보 어미가 무뚝뚝하게 고개를 저었다.

"녀석이 제 밥값을 합니다요."

어느새 욱보 없는 욱보 어미네 주막에 모대가 종종거리며 일하는 모습이 당연한 풍경이 되었다.

비마란타 스님이 주막에 들를 때면 모대가 윤을 부르러 왔다. 처음에 윤이 놀라 왜 자신을 부르러 왔냐고 물으니 모대는 스님이 아가씨를 보고 싶어 하는 눈치여서 왔다고 했다. 윤이 주막으로 가 보니 비마란타 스님이 다 식은 차를 앞에 두고 앉아 있었다. 모대는 어린 나이에 고생을 많이 해서 그런지 눈치가 빨랐다.

철이 두어 번 흐르고서야 오래전 떠나온 고향의 누이가 윤과 닮았다는 얘길 입 무거운 비마란타 스님에게 들었다. 스님의 누이도 윤처럼 씩씩하고 용감하며 총명했다고 했다. 언제나처럼 차분했지만, 누이에 대해 말하는 스님의 목소리엔 그리움이 배어 있었다.

❀

국밥을 다 먹을 때쯤 어머니 운영이 말을 타고 왔다.

"누가 보면 물에 빠졌다 나온 줄 알겠구나."

운영이 말 등에서 훌쩍 내리며 윤과 창에게 말했다.

"어머니도 아버지 마중 나오셨군요."

창이 어머니 팔에 매달리며 살갑게 말했다.

윤은 어머니가 말을 탄 모습을 좋아했다. 해덕의 어머니처럼 화려한 장신구로 치장하지도, 예쁜 비단옷을 입지도 않지만 운영은 무얼 하든 자연스러운 멋이 우러났다. 특히 말을 탈 때면 힘차면서도 우아하여 여왕처럼 보였다.

윤의 어머니 운영은 정말 여왕이 될 수도 있었다. 이십여 년 전, 전왕은 지금의 왕처럼 후사가 없었다. 가장 유력한 왕위 계승자는 삼국이 싸우던 시기에 백전불패의 무인 집안이었던 윤의 외할아버지 김의승이었다. 기름진 무주* 땅을 식읍으로 받아 대대로 다스려오면서 백성에게 신망이 높았고 정치적 입지도 탄탄하였다. 김의승은 외동딸인 운영을 무척 아껴 어릴 때부터 말타기와 무예를 가르치고 자유롭게 키웠다.

대대로 권세를 누려온 금성 토박이 명문 귀족 김흔정은 삼

*신라 9주 가운데 지금의 전라남도 지역.

한 일통의 공신 집안 출신인 김의승이 권력을 쥐는 것을 꺼렸다. 상대등 직책에 오르기 전이었으나 가문의 힘을 빌어 김흔정은 집안도 보잘것없고 나이도 어린 먼 친척 청년을 노골적으로 밀기 시작했다. 두 세력 간에 치열한 왕위 다툼이 벌어졌다. 아직 전왕이 죽기도 전에 금성 이곳저곳에서 크고 작은 싸움이 일곤 했다.

그런 어느 날 운영의 아버지 김의승이 세력을 과시하기 위해 대규모 사냥을 떠난 사이, 금성 한복판 그의 저택을 적이 급습하는 일이 벌어졌다. 윤과 창은 어머니에게 그날의 일을 여러 번 들었다.

"우리 집 후원은 피비린내로 가득했지. 동궁에선 그날도 연회를 연 것인지 금과 피리 소리가 들려왔고, 후원의 꽃나무들이 참으로 아름다워서 죽음을 앞둔 마음이 이런 것인가 이상하더구나. 복면을 쓴 자가 검을 휘두르는데 친동생과 다름없던 유모의 딸이 나를 덮쳐 안았다. 입에서 울컥울컥 피를 토하더니…… 나를 보는 눈이 차츰 흐려지더구나. 나는 검을 부여잡고 일어섰다. 그 애를 죽인 놈을 저승길에 길동무로 삼으리라 다짐했지. 그놈이 복면을 벗었는데 웃고 있더구나. 내가 저를 죽이겠다고 양손으로 검을 쥐고 선 게 우스웠는지, 아니면 그냥 사람을 죽이는 게 즐거워서 그런 건지. 뭐가 우스운가? 내가 소리쳤다. 허나 대답을 듣진 못했어. 그 순간 놈의 머리가 날아가고 붉은 피가 뿜어져 나왔다. 검을 두 손으로 쥐고 네 아버지가 숨을 헐떡이며 서 있었어. 우린 그렇게 처음 만났단다."

윤의 아버지 설치수는 동궁의 위병으로 보초를 서면서, 맞은편의 대저택을 드나드는 운영을 날마다 바라보았다. 꿈속에서도 운영이 나오던 어느 날 복면을 한 무리들이 저택의 담을 넘는 것을 보고 금군에게 이 사실을 급히 알린 뒤 살육이 벌어진 담장 안으로 뛰어든 것이었다.

집으로 돌아온 김의승은 붉은 피를 뒤집어쓴 딸과 살육의 현장을 목도하고 임해전으로 쳐들어가 잔치를 벌이던 귀족들을 몰살했다. 그러곤 가족과 사병들을 이끌고 무주로 내려가 버렸다.

미리 피신해 있던 상대등 쪽 사람들은 가슴을 쓸어내리며 안도했다. 그 뒤 지방관을 감찰하는 외사정을 몇 번 내려보냈으나 김의승은 오는 족족 베어버렸고 중앙에서도 김의승이 조용히 지내주는 것에 만족하며 무주를 내버려 두었다.

무주는 운영이 어린 시절을 보낸 곳이었지만, 운영은 아버지를 따라가지 않았다. 설치수에 대한 사랑과 진골 세상에 대한 환멸 때문이었다. 김의승은 격노했다. 진골 귀족이 육두품과 혼인하면 진골 신분을 잃게 되는 것이 신라의 법이다. 김의승은 운영이 설치수와 기어이 혼인하겠다면 부모 자식의 연을 끊겠노라 선언했고, 아버지를 닮아 고집 센 운영 또한 뜻을 꺾지 않았다. 치수와 운영은 치수의 고향인 모화리에 자리 잡았고, 부녀는 그 길로 등진 채 남처럼 살아왔다.

빗줄기가 조금 잦아들었다. 윤은 개운포에서 만났던 처용을 떠올렸다. 신비한 눈빛과 용의 아들처럼 거친 바다에서 솟구쳐 나오던 모습이 마음에 남았다. 오늘 들어온 그 상선도 비가 그치면 수리를 서두를 테고 곧 귀로에 오르겠지.

"아버지 오신다!"

창이 언덕길을 가리키며 소리쳤다. 아버지 설치수가 남색 포에 검은 전복을 입고 말을 달려 오고 있었다. 아버지가 긴 검을 차고 말을 달릴 때면 적토마를 탄 관우 같았다. 두 아이는 기다리지 못하고 아버지를 향해 달려갔다.

설치수가 힘차게 고삐를 당겼다. 주인을 닮아 지치는 법이 없는 치수의 애마는 더 달리고 싶다는 듯 앞다리를 들며 히히힝 울었다.

"봄비가 반가워 마중 나왔구나."

고작 이틀을 못 보았을 뿐인데 말에서 훌쩍 뛰어내린 아버지의 굵은 목소리에 반가움이 묻어났다. 윤은 달려가 아버지를 끌어안았다. 아버지의 품에서 익숙한 땀 냄새와 낯선 그을음 냄새가 뒤섞여 났다. 치수의 큰 손이 윤의 머리를 쓰다듬었다.

창이 어머니의 사랑스러운 막내라면, 윤은 아버지의 믿음직한 맏이였다.

윤이 치수의 허리춤에 축 늘어진 꿩을 발견하고 함박웃음을 지었다.

"산에서 잔불을 살피다가 주웠다며 가실이 주더구나."

"안 그래도 꿩고기가 먹고 싶기에 내일쯤 사냥을 갈까 했어요."

창이 신이 나서 말했다.

"꿩찜을 해서 저녁상에 올리지요."

운영이 차분하게 말하며 남편의 팔에 살짝 손을 얹었다. 그런 어머니를 홀린 듯 보는 아버지의 눈빛에 윤은 속으로 혀를 찼다. 어머니에 대한 아버지의 사랑은 용소의 샘물처럼 날마다 새롭게 솟아나는 듯했다.

아버지와 어머니가 손을 잡은 채 도란도란 얘기를 나누며 앞장서 걸었고 창과 윤이 각각 두 마리의 말을 끌며 뒤따랐다. 순한 네 마리 말의 발굽이 두걱두걱 흙길을 밟는 소리가 평화로웠다.

"불길은 다 잡았소?"

"불길이 산자락까지 내려왔다오. 관노까지 동원해 구화군을 꾸려 애면글면 애썼지만 겨우내 비가 안 와 나무가 바짝 마른 데다 바람도 도와주질 않았소. 결국 불길이 민가로 더 번지는 걸 막기 위해 산자락의 집을 무너뜨려야 했다오."

어머니가 탄식하며 하늘을 보았다.

"조금만 일찍 비가 내려주었으면 좋았을 것을……."

금성은 넘쳐흐르는 집들이 갯바위의 따개비처럼 다닥다닥 붙어 있어 불이 나면 걷잡을 수 없이 번진다. 그래서 어떨 땐 불의 길을 끊기 위해 멀쩡한 집들을 무너뜨려야 했다.

"그래도 이 비 덕분에 산의 잔불을 잡았으니 천만다행이오. 산불은 다 잡은 것 같다가도 다시 번지기도 하니."

아버지가 말을 이었다.

"사졸들이 실화범을 잡고 보니 남산 용장사에 있는 어린 사미승이었소. 늘 덫을 놓아 토끼 따윌 잡아서는 몰래 구워 먹었던 모양이오. 일부러 낸 것은 아니나 죄가 위중하니 유배를 면하진 못하겠지요. 남산 아랫마을에 홀어머니와 어린 동생과 살면서 계를 받을 때까지 집에서 다니는 걸 허락받은 아이인데 마음이 안 좋더군요."

윤은 사미승이 안타까웠다. 불을 낸 것은 죄가 무거워 나이가 어려도, 실수라 해도 유배형을 면하지 못했다.

윤은 부모님 얘기에 끼어들었다.

"아버지, 홀어머니와 어린 동생을 위해 스스로 희생해 사미승이 된 아이가 저 혼자 고기를 구워 먹었을까요? 절의 규율이 엄한데 어린 사미승이 일과 시간에 고기를 먹었다는 것도 말이 안 되고요. 저라면 설령 덫을 놓아 토끼를 잡았다 해도 몰래 숨겨놓았다가 집에 가져갔을 거예요."

아버지가 윤을 돌아보았다. 아버지는 저녁에 돌아오면 금성에서 일어난 사건을 들려주곤 했다. 윤은 아버지의 이야기를 주의 깊게 듣고 추론하여 단서나 범인을 추측하곤 했는데 치수는 윤이 현장에서 뛰는 부하들보다 낫다고 늘 말했다.

"윤아, 네 생각은 진범이 따로 있을지도 모른다는 거냐?"

윤이 고개를 끄덕였다.

"네, 용장사에서 일하는 사람들을 심문하여 사미승의 주위를 캐보세요. 짐승을 잡아 구워오게 시켰거나 자기가 저질러놓고 어린 사미승에게 뒤집어씌운 자가 있을지도 몰라요."

"그리하마. 만약 진범이 따로 있거나 높은 사람이 억지로 시켜서 한 일이면 그 사미승은 유배를 면할 게다."

아버지가 윤의 머리를 쓰다듬었다.

대개의 관리들은 불을 지른 범인을 잡았다는 사실에 안도하며 귀찮은 일을 더 만들지 않을 것이다. 하지만 이방부 좌사 설치수는 죄를 묻는 일의 무거움을 잘 알았다. 억울한 사람을 만들지 않도록 작은 일도 가벼이 넘기지 않고 어린 자식의 말에도 귀를 기울였다. 윤은 그런 아버지가 자랑스러웠다.

❀

창은 말을 빗질하고 어머니는 노비 곡례와 함께 부엌에서 저녁 준비를 하고 윤은 우물가에서 아버지가 꿩 손질하는 걸 도왔다.

각자 씻고 사랑채에 모여 한담을 나누고 있으니 곡례가 김이 오르는 음식들을 들여왔다. 꿩찜과 젓갈, 아욱국, 산나물과 무조림이 먹음직하게 탁자에 차려졌다. 국밥 먹고 부른 배가 언제 꺼졌는지 배에서 꼬르륵 소리가 났다.

운영이 호롱에 불을 붙이니 약간 어둑하던 방 안이 따뜻하게 밝아졌다. 치수는 고기를 찢어 다리를 하나씩 남매의 그릇에 얹어주었다.

"다리는 어머니, 아버지 드세요."

윤이 꿩 다리를 들어 아버지 밥 위에 놓았다. 꿩 다리를 들고 한껏 입을 벌리던 창이 화들짝 내려놓으며 맞장구쳤다.

"맞아요. 어머니, 아버지 드세요."

아버지가 빙그레 웃으며 다시 꿩 다리를 윤의 그릇에 올려놓았다.

"같은 걸 먹고 같은 옷 입는 우리 쌍둥이, 꿩 다리가 두 개니 하나씩 먹어라."

윤은 더 이상 사양 않고 꿩 다리를 받았다. 한 입 베어 물고

살을 죽 찢어 씹으니 쫄깃하고 부드러운 맛이 혀에서 살살 녹는다.

운영과 치수는 아이들의 배움에 대해 얘기를 나누었다. 둘은 아이들이 어릴 때부터 글과 무예를 손수 가르쳤다. 무예든 학업이든 내로라하는 스승에게 사숙하는 귀족 자제들보다 못할 거 없다고 윤 남매는 자부했다. 창은 볼이 미어지게 밥을 먹으며 그날 있었던 일을 시시콜콜 늘어놓았다.

“너희도 열여섯, 이제 다 컸구나.”

미소 띤 얼굴로 듣던 치수가 문득 두 아이를 번갈아 보며 말하였다. 어머니 운영의 얼굴이 어두워졌다.

“최 현령이 올해 해덕을 국학에 넣겠다 한다. 조금 이른 감은 없지 않지만 어머니와 의논해 창을 국학에 보내기로 했다. 다행히 너는 걸음마를 뗄 때부터 천자문과 시경을 배우기 시작했으니, 좀 벅차긴 해도 못 따라갈 공부는 아닐 게다.”

창이 놀라서 눈이 커다래지더니 곧 울상을 지었다.

“공부는 아버지, 어머니가 가르쳐주시는 것만으로도 충분한 걸요. 국학에 들어가면 구 년이나 썩, 아니 공부해야 한다는데 아직 이른 것 같아요.”

아버지가 엄한 표정을 지었다.

“나라의 녹을 먹는 관리가 되려면 국학에 들어가 학문을 익히고 독서삼품과를 치러야 한다. 배움이 어려우니 한 해라도 일찍 들어가는 것이 좋다."

윤은 입안의 고기를 꿀꺽 삼키고 아버지와 어머니를 번갈아 보았다.

"아버지, 창만요? 지금 창과 해덕만 국학에 입학할 거라 하셨어요?"

설치수의 얼굴에 괴로운 기색이 떠올랐다. 치수는 도움이라도 구하듯 운영을 바라보았다.

운영은 슬픈 얼굴로 딸을 달래었다.

"윤아, 너는 지금까지처럼 나와 공부를 계속하면 된다. 창이 국학에서 배우는 교본은 너도 다 갖추어주마. 나와……."

"싫습니다! 왜 저만 어머니랑 공부해요?"

치수는 안타까운 눈빛으로 한숨을 쉬었다.

"윤아……, 국학은 신라의 관리가 되는 시험을 보기 위해 수학하는 곳이다."

하늘이 무너지는 기분이 이런 것이구나! 그제야 깨달았다. 신라에 여자 관리는 없다는 사실을. 병부, 조부, 창부, 예부, 이방부……. 어디에도 여자 관리는 없었다. 의녀와 궁녀, 여자 내관이 떠올랐다. 하지만 그들은 국학에서 공부하지도 시험을 치지도 않는다. 윤은 의녀나 궁녀가 되긴 싫었다. 윤은 아버지처럼 되고 싶었다.

아버지가 이방부 관리인데 그에 대해 생각도 안 해 보다니.

그냥 창과 모든 걸 함께하며 자랐으니 앞으로도 그럴 줄만 알았다.

"그럼…… 저는 이방부 관원이 될 수 없는 건가요?"

윤은 가까스로 입을 열어 물었다.

"윤아……."

치수가 괴로운 마음으로 사랑하는 딸을 불렀다. 윤은 밥 위의 꿩 다리를 집어 창의 그릇에 던지듯 놓았다.

"뭐가 똑같이냐. 꿩 다리 너나 먹어."

윤이 파르르 떨며 말을 뱉었다.

창은 금방이라도 울음을 터뜨릴 것 같았다. 누이 윤의 저런 눈빛은 생전 처음 보았던 것이다.

아아, 무슨 말을 해야 제 마음이 아픈 만큼 부모님과 아우의 마음도 아프게 할 수 있을까! 윤은 벌떡 일어나 밖으로 뛰쳐나왔다. 아무도 없는 곳으로 가고 싶었다.

윤과 창의 방이 있는 바깥채와 담을 낀 해덕네 별채가 눈에 들어왔다. 해덕네는 주로 사랑채에서 손님을 맞아서 별채는 늘 비어 있었다. 윤은 마당을 가로질러 담을 훌쩍 뛰어넘었다. 담벼락에 무너지듯 기대앉아 얼굴을 양손에 파묻었다.

부모님은 윤과 창을 구분지어 생각지도, 다르게 키우지도 않았다. 옷을 지어도 같이 지었고 장난감 검도 둘, 활도 둘이었다.

서너 살 무렵의 일이다. 윤이 마당에서 나뭇가지로 낙서를 하며 노는 것이 귀여워 들여다보던 설치수는 깜짝 놀랐다. 비록 삐뚤빼뚤하긴 하나 윤이 그린 것은 획수도 복잡한 한자였다. 물어보니 음은 알았으나 뜻은 몰랐다. 치수가 어린 쌍둥이를 무릎에 앉히고 『논어』나 『예기』 따윌 읽곤 했는데 그걸 보고 들은 윤이 마당에 그대로 베껴 그린 것이었다.

윤은 눈썰미와 기억력이 아주 좋았다. 윤의 영민함을 깨달은 치수는 그날로 운영과 의논하여 천자문을 가르치기 시작했다. 창은 너 때문에 재미도 없는 공부를 일찍 시작하게 되었다며 윤을 두고두고 원망했다.

그랬는데 국학은 창만 간다고? 분한 마음에 굵은 눈물이 마구 흘러나왔다.

"이놈의 나라, 내 떠나버릴 테다."

윤은 주먹으로 눈을 슥슥 비비며 내뱉었다.

"미운 놈 죽여주는 살수가 될 테다. 진골들 탄 배만 골라 덮치는 해적이 될 테다. 이도 저도 아니면 당나라에 가서 장사나 해야지. 뭔들 국학에서 구 년이나 먹물 냄새 맡는 것만 못할까."

막연히 꾼 꿈은 길이 막혔다 한들, 나 설윤이 어디 가서 밥 빌어먹고 살겠는가.

"장담컨대, 그중 무엇도 먹물 냄새 맡으며 공부하는 것보다 쉽진 않을 거다."

난데없는 목소리에 윤은 소스라치게 놀라 고개를 들었다. 아무도 없는 줄 알았던 별채 마당에 낯선 사람이 있었다. 그 사람이 누군지 깨닫자 윤은 더욱 놀랐다.

처용. 말갛게 씻은 얼굴에 검은 머리를 반 묶음하고 매끄러운 진녹색 비단옷을 입어 개운포 바다에서완 사뭇 달라보였으나, 그렇게 신비한 눈빛을 가진 사람이 또 있을 리 없었다. 옷을 갖춰 입으니 처용은 처음 보았을 때보다 어려 보였다. 윤보다 두어 살이나 많으려나.

윤을 보는 눈에 보일 듯 말 듯 미소가 어려 있었다. 처용도 윤을 알아보는 듯했다.

어떻게 우리 옆집에 있는 거지? 진짜로 도깨비인가? 놀람보다 반가움이 더 컸다. 윤은 그 와중에도 처용이 어떻게 신라 말을 아는지 궁금했다. 분명 당나라 배였고, 선원들 모두 당나라 말을 썼는데.

"네가 어떻게 알아? 어렵고 힘든지."

윤은 속내와는 달리 짐짓 퉁명스레 말을 뱉었다. 처용이 빙그레 웃었다.

"내 아버지가 너만 할 때 신라를 떠나왔거든. 너처럼 맹세하면서. 살수나 해적이 될 뻔도 했지만 어쩌다 상단주가 되었지. 얼마나 갖은 고생을 했는지 귀가 닳도록 들어서 말이야."

당나라에 신라 사람들이 많이 산다는 건 알았지만 윤이 실제로 만난 건 처음이었다. 어떻게 신라 말을 아는지에 대한 의문이 풀렸다. 상단주의 아들이었구나. 선원들이 대하는 태도가 다르다 했다. 한데 어떻게 여기에……. 그러고 보니 마당에 탕약 냄새가 감돌았다. 혹 어디가 아파서 뭍에 남은 건가?

"살수든, 해적이든, 상인이든 난 다 잘 해낼 수 있어. 무예도 뛰어나고 머리도 좋다고. 나에 대해 아무것도 모르면서……."

"그래서 너는 누군데?"

처용이 윤을 빤히 보았다.

"담을 넘었으면 자기가 누군지 정도는 밝혀야지?"

윤은 얼굴을 붉혔다. 담을 넘는 걸 봤으니 우는 것도 봤겠네.

"나는…… 옆집 사는 설윤이라고 해. 이 집 아들 해덕과는 벗이고. 담을 넘은 것은……."

윤이 말을 잇지 못하는데 대신 답하듯 배에서 꼬르륵 소리가 났다. 윤의 얼굴이 더욱 붉어졌다. 처용이 싱긋 웃었다.

"나는 당나라 양주 대상단 단주의 아들 처용이다. 내 눈 빛깔이 이상하지? 어머니가 대식국* 사람이야. 여기 한동안 묵을 테니 앞으로 자주 보겠구나."

한동안 이 집에 묵는다고? 윤은 참지 못하고 물었다.

"혹 어디가 아파서 뭍에 남은 거야?"

*중국 당송대에 아라비아를 가리키던 말.

윤이 탕약 냄새를 가리키듯 별채 쪽으로 눈길을 주며 물었다. 처용이 무심히 대꾸했다.

"저 탕약은 해독제야. 외삼촌이 내게 준 비약이지."

"해독……제?"

"배를 뭍에 올려놓고 몰래 약을 먹었지. 몸 안에 들어온 나쁜 것을 배출시키는 약인데 먹으면 열이 오르고 구토를 하게 되지. 항해 중에 죽은 선원의 증세와 비슷해 모두 역병일까 두려워하는 바람에 아버지도 나를 신라에 남겨두고 다음 뱃길에 데리러 오잔 의견을 물리칠 수가 없었던 거야."

처용이 맹장에게 이긴 장수처럼 승리에 찬 미소를 지었다. 누구를 향한 승리감인지 나중에야 알았다. 윤이 처음으로 집을 뛰쳐나온 오늘, 처용도 난생처음 아버지에게서 벗어난 것이었다.

흑산에 광인이 있어

묘시를 알리는 절의 종소리에 윤은 눈을 떴다. 희끄무레하게 밝아오는 동창을 바라보는 동안 어제의 일들이 차례로 떠올랐다. 모화리에선 일 년이 가도 일어나지 않을 일들이 한꺼번에 일어난 파란만장한 하루였다.

윤은 벌떡 일어나 재빨리 옷을 챙겨 입었다. 아무와도 마주치지 않고 집을 나서고 싶었다. 하지만 문을 여니 관복을 단정히 입은 아버지의 뒷모습이 보였다. 아버지가 이렇게 이른 시각에 출근하는 일은 드문 일이었다.

아버지가 뒤돌아 윤을 보았다.

"윤아."

다가온 아버지가 한참 동안 말없이 윤을 바라보았다.

"너는 어릴 때부터 총명하여 가르치는 보람이 있었다. 아버지도 네가 자라서 함께 일할 수 있다면 얼마나 좋을까 생각하고 또 생각했었다."

아버지가 윤의 손을 쥐었다.

"미안하구나."

윤은 가슴이 저려왔다. 입 밖으로 꺼내어 말하지 않아도, 아버지가 자신의 신분 때문에 외할아버지와 의절하게 된 어머니에게 늘 미안한 마음을 가진 걸 알고 있었다.

"아버지의 잘못도 아닌데 제게 미안해하지 마세요. 저는 괜찮아요."

윤이 씩씩하게 대꾸했다. 의기소침해 있는 건 하루로 족했다.

윤은 대문을 나와 해덕네 별채의 아담한 솟을대문을 밀었다. 문은 잠겨 있지 않았고 처용이 마당에 서 있었다. 문을 두드려 별채 종을 깨우는 수고를 하지 않도록 일부러 기다린 것이라 짐작하니 기분이 나쁘지 않았다.

요즘 금성의 젊은 남자들은 밝은 빛깔에 화려한 무늬의 옷을 입는 게 유행인데 처용은 그렇지 않은 듯했다. 제 눈빛처럼 짙푸른 포를 입어 더욱 훤칠해보이는 처용에 윤은 또 가슴이 술렁였다. 창이나 해덕과 한 살 차이인데 저리 다를 수 있을까.

단지 외양의 문제가 아니라 처용에겐 또래 사내들에겐 없는 단단하고 어른스러운 분위기가 있었다.

검을 차고 활까지 멘 윤을 보고 처용이 눈을 가늘게 떴다.

“나는 호미를 챙겼는데 넌 무장을 단단히 했군.”

“엄청 험하고 맹수도 사는 산을 오른다고 내가 말 안 했나?”

윤이 허리에 손을 짚으며 짐짓 허세를 부렸다.

“하지만 걱정 마라. 내가 지켜줄 테니.”

처용이 빙그레 웃었다.

“든든한걸? 아침을 못 먹은 얼굴인데 들어가자. 식사를 준비해 놓았다. 가져갈 음식도 챙겨놓았고. 험산을 헤맬 텐데 빈속은 곤란하지.”

솔솔 풍기는 냄새에 배에서 꼬르륵 소리가 절로 났다. 윤은 사양 않고 별채로 앞장서 들어갔다.

탁자에 차려진 음식을 보고 윤은 눈이 휘둥그레졌다. 왕궁의 아침상도 이만 못할 듯했다. 처음 보는 빛깔 좋고 향기로운 음식들이 당나라나 서역에서 수입한 듯한 도자기 접시에 담겨 있었다.

해덕의 아버지 최두식 현령은 설치수와는 달리 잇속에 밝은 사람이다. 같은 육두품이라도 고지식한 아버지완 싹이 달라 당나라 유학 시절부터 인맥을 뜨르르하게 쌓았다 한다. 그 인맥 가운데는 비마란타 스님도 있었다. 돌아올 땐 보부상처럼 당나라 물건을 잔뜩 쟁여 와선 장사를 해서 돌투성이 전답을 장만했다. 소작을 주고 일구어 제법 수확을 내자 전답을 비싸게 되팔았다. 그렇게 차곡차곡 재산을 모아 알부자가 되었지만 이익이 되지 않는 일엔 일절 돈을 쓰지 않기로 유명했다.

평소에 자린고비 노릇을 얼마나 하는지 잘 아는 윤으로선 아침상만 보고도 처용의 아버지가 대단한 거물이란 걸 알 수 있었다. 처용을 다리 삼아 처용 아버지에게 줄을 대어 보려는 최 현령의 속셈이 환히 보였다. 아무려나 맛있는 건 먹고 보아야 하니 윤은 접시의 음식을 골고루 맛보기 시작했다. 하나같이 맛이 있어 신음이 절로 나왔다.

"진짜 잘 먹는구나."

처용이 젓가락을 내려놓으며 웃었다.

"맛있는 건 있을 때 먹어야지. 너도 많이 먹어라. 우리가 지금 가는 흑산엔 맹수도 산댔잖아. 배가 불러야 힘을 쓰지."

윤이 볼 가득 음식을 넣고 우물거리며 또 겁주는 소릴 했다.

실컷 먹고 바랑에 주먹밥과 떡과 물병을 챙긴 뒤에 둘은 길을 나섰다.

"산이 험준하고 맹수가 살아서 금성으로 가는 지름길인데도 다니는 사람이 잘 없어."

봄볕이 흐드러진 뽕나무밭을 지나 호젓한 산길로 접어들며 윤이 문득 생각난 듯 말했다.

"산 깊숙이 광인도 하나 산다더라. 흑치라고들 부르는데 어쩌다 마주친 사람들이 말하길, 시커먼 누더기를 입고 봉두난발에 짐승처럼 으르렁댄다더라. 오래전부터 도는 소문이야."

"맹수에 광인이라. 너는 무섭지 않아?"

처용은 윤이 찬 검과 활을 흘깃 보았다.

"무예가 뛰어난가 보지?"

"응."

윤은 시원스레 대답했다.

"내 아버진 신라 제일 검이다. 어머닌 활의 고수고."

처용이 빙그레 웃었다. 평소엔 차가운 인상이지만 눈웃음이 귀여운 처용이었다. 윤과는 달리 처용은 허리에 단검 하나만 고리에 매단 단출한 차림이었다. 나중에 들은 거지만 약초꾼이 산행을 할 때는 거치적거리는 물건은 피한다고 했다.

"짐승보다 털 없는 사람이 더 무섭다."

처용이 눈을 가늘게 뜨며 말했다.

"양주는 맹수가 우글거리는 곳이야. 한데 다 사람의 탈을 쓰고 있지. 살아남으려면 한시도 긴장을 늦출 수 없는 땅이다."

윤은 처용이 나고 자란 세상이 잘 그려지지 않았지만 무서운 곳임엔 분명한 듯했다.

전날 내린 비로 사방이 촉촉이 젖어 싱싱한 풀내음이 물씬 풍겼다. 용틀임하는 듯 이리저리 휜 붉은 소나무 군락을 지나

더 깊숙이 들어갔다. 낙엽과 이끼에 덮인 흙이 유난히 검어 흑산이었다.

둘이 흑산을 오르는 까닭은 신라 출신 선원의 유언 때문이었다. 서해 앞바다에서 굴을 캐다가 해적에게 끌려와 노예로 팔린 사람이었다. 노꾼으로 배에 탔다 병에 걸려 격리되었는데 열과 설사를 거듭하다 죽고 말았다. 죽으면서 평소에 잘 대해주고 간호도 해준 처용에게 신라에 도착하면 자신의 유품을 산속 깊이 묻어 달라 유언을 남겼다. 살아생전 내내 그리워하던 신라였다. 신라에 한동안 머물게 되었으니 그의 유언을 들어주고 싶다며 처용이 윤에게 길 안내를 부탁한 것이다.

산길을 걷는 동안 무료하지 않게 둘은 이런저런 얘기를 나누었다.

처용의 어머니는 처용이 어릴 때 돌아가셨고 외삼촌 아메드는 마을의 하나뿐인 의사였다. 약초에 밝고 의술이 뛰어날 뿐만 아니라 가난한 사람이 와도 절대 내치지 않았다. 아메드는 가난하고 병든 이를 보살피는 것을 신이 부여한 의무로 여겼다. 처용의 아버진 아메드를 싫어했지만 처용이 수학을 배우러 드나드는 걸 막지는 못했다. 상업에 필요한 지식이었으니. 처용은 정작 외삼촌을 도우면서 약초 지식과 의술에 눈을 뜨게 되었다.

“배 타는 사람은 약초에 대한 지식이나 간단한 의술을 갖추면 도움이 되지. 아메드 외삼촌은 나를 약초 채집에 자주 데려가셨어. 이 산은 야생 약초가 풍부하군."

발밑을 꼼꼼히 살피며 걷던 처용이 흡족한 표정으로 주위를 둘러보았다.

"아메드 외삼촌은 내가 약초에 대한 재능을 타고났대. 나는 약을 맛보거나 냄새만 맡아도 어떤 약초가 얼마나 쓰였는지 알 수 있어. 아는 독이나 약은 틀리는 법 없이 구분하고, 처음 접하는 거라도 내가 아는 것과 근원이 닿아 있으면 약효를 대략 맞히지."

"신통하다! 어찌 그럴 수 있어?"

윤이 동그랗게 뜬 눈으로 처용을 보았다.

"농사와 약의 신인 신농씨도 사람을 돕기 위해 거듭 독초를 맛보다 죽었다는데."

처용이 고개를 저었다.

"독을 알맞게 쓰면 약이 되고, 약도 잘못 쓰면 독이돼. 누군가에겐 약이 다른 이에겐 독이 되기도 하고. 우리가 약재로 흔히 쓰는 약초들도 독성을 지닌 경우가 많아. 부자, 대황, 반하 많지. 아메드 외삼촌도 늘 고심하고 연구하셨어."

약초에 대한 이야기를 할 때 처용의 눈은 별처럼 반짝였다. 윤은 처용의 아버지가 외삼촌을 싫어할 만하구나 생각했다.

"아메드 외삼촌은 약을 잘 쓰는 것만이 의술이라 생각지 않았어. 어느 날 깡마른 사내가 찾아와서는 자기가 사실은 쥐라고 고백했어. 고양이들이 냄새를 맡고 자꾸 몰려드니 날마다 두렵고 불안하다고. 차라리 자기를 편히 죽게 해 고양이 먹이로 주라고 애원하더군. 아메드 외삼촌에겐 상처를 째거나 기울 때 통증을 완화시키는 약이 있거든. 나는 외삼촌이 그 미친 사내를 당장 내쫓아버릴 거라 생각했어. 한데 아메드 외삼촌이 뭐랬는지 알아? 안 그래도 의원의 늙은 고양이가 지금 고기가 필요하던 참이었대. 삼촌은 구석에서 자던 얼룩 고양이를 데려왔어. 그 고양이도 나이를 열다섯 살이나 먹어 만사가 귀찮은 녀석이었지. 고양이는 자기가 쥐라는 사람을 노려보더니 다시 스르륵 잠들어 버렸어. 쥐 사내는 실망해서 얼굴이 파랗게 질렸지. 아메드 외삼촌은 그 사람에게 말했어. "미안하게 됐소. 우리 고양이는 깡마른 쥐는 맛이 없어 먹질 않는다오. 우선 여기서 일하면서 살을 조금 찌우는 게 어떻겠소?" 쥐 사내는 진심으로 고마워하며 무슨 일이든 열심히 하겠다고 했어. 일손이 부족한 터라 외삼촌은 당연히 받아들였지. 쥐 사내는 청소며 물 긷기며 약초즙 짜기며 날마다 열심히 일했고."

윤은 걱정스레 물었다.

"그래서 쥐 사내를 고양이가 먹었어?"

처용이 소리 내어 웃었다.

"끼니를 잘 먹고 열심히 일해서 건강해졌지. 지금은 삼촌의 충실한 조수야. 여전히 늙은 고양이와 아웅다웅하지만."

윤은 처용이 아메드를 좋아하는 이유와 처용의 아버지가 아메드를 싫어하는 이유를 한꺼번에 이해할 거 같았다.

울창한 숲을 지나다 처용은 작은 돌탑 두 개를 발견했다.

"이건 약초꾼의 표식 같은데."

처용이 돌탑을 살피며 말했다.

돌탑은 나무에서 치렁치렁 늘어진 넝쿨에 가려 여간 눈썰미가 있지 않고선 잘 보이지도 않았다.

"귀한 약초를 발견했는데 아직 캘 시기가 안 되었을 때 표식을 남기거든. 자연엔 때가 있으니까. 다음에 왔을 때 다른 이가 먼저 캐어가 버렸으면 할 수 없는 거고. 외삼촌은 늘 표식을 남긴 약초꾼에게 양보하셨지."

꺾인 나뭇가지, 나무 둥치에 칼로 표시한 자국, 이끼를 벗겨낸 바윗돌, 표식은 다양하다고 했다. 윤은 두 개의 돌탑을 살폈다. 오며 가며 사람들이 저마다 돌을 쌓아 만든 돌탑이 산과 들에 널린 신라이지만 이 탑들은 분명 한 사람의 솜씨로 보였다. 하지만 돌탑 근처에는 야생 약초라곤 보이지 않았다. 처용이 돌탑 위에 치렁치렁 늘어진 야생 넝쿨을 걷어내자 사람이나 짐승이 발길로 다져 만든 좁은 길이 나타났다.

처용이 단검을 고쳐쥐는 걸 보고 윤이 놀라 물었다.

"들어가려고?"

"음. 넌 여기서 기다려도 돼."

"네가 가면 나도 가야지."

윤은 검을 뽑으려다 길이 좁은 걸 보고 단검을 꺼내며 얼른 대꾸했다. 처용은 웃을 듯 말 듯한 눈으로 윤을 보았다.

"맹수가 다니는 길일 수도 있는데?"

윤은 제 가슴팍을 툭툭 쳤다.

"나만 믿어. 내가 앞장설 테니 네가 후방을 맡아."

둘은 단검을 빼들고 안으로 들어갔다. 얼마나 들어갔을까. 차츰 눈앞이 밝아졌다. 촘촘하던 나무들의 간격이 드문드문해지더니 뜻밖의 빈터가 나타났다. 노란 꽃망울을 단 야생초 군락 위로 햇살과 나뭇잎이 이루는 무늬가 신비롭게 일렁였다. 처용은 야생초 한 포기를 꺾어 냄새를 맡고 살펴보더니 자기 바랑에 넣었다. 야생초 군락은 하나가 아니었다. 종류가 다른 야생초들이 산속의 밭처럼 저마다 군락을 이루며 펼쳐져 있었다. 처용이 그중 하나를 가리켰다.

"이것은 당나라에도 나는 위령선이란 약초야. 이렇게 군락을 이룬 걸 본 적이 없는데."

주위를 살피던 윤이 나무를 베어내고 남은 등걸을 가리켰다. 그런 등걸이 군데군데 있었다. 나무를 베어 빈터를 만든 흔적과 인위적인 야생초 군락으로 미루어 사람의 손길이 밴 장소임이 분명했다.

산밭이 끝나는 곳에 화강암 봉우리가 막아섰다. 가파르고 높아 기어오르지도 못할 절벽이었다. 암벽으로 다가간 윤은 버섯 모양으로 돌출된 바위 아래 굴이 있는 걸 발견했다. 고개를 숙여 안을 보니 천연의 풍화 동굴로 입구는 낮으나 속은 제법 크고 깊은 듯했다.

윤은 굴에 대고 소리쳤다.

"안에 누구 있소? 있으면 좀 나와 보시오!"

안에선 아무 소리도 나지 않았다. 처용과 윤은 서로 눈길을 주고받은 다음 안으로 들어갔다.

굴 내부는 천장이 높고 스무 명쯤은 너끈히 잘 수 있을 정도로 널찍했다. 등잔대가 보이기에 부싯돌을 꺼내 심지에 불을 붙였다. 윤은 굴 안을 꼼꼼히 살피기 시작했다. 처용은 안을 휘 둘러보더니 윤을 남겨두고 밖으로 나갔다. 바깥의 약초들에 더 관심이 갔기 때문이다.

굴 입구 가까운 곳에 솥이 걸려 있고, 그 옆엔 나무절구와 납작돌과 간돌이 있었다. 낫과 호미 따위 연장도 동굴 구석에 놓여 있었다. 나무를 잘라 만든 길쭉한 건조대 위에선 약초들이 마르고 있었다. 누가 봐도 약초 굴이었다. 윤은 굴 안쪽에 깔린 가죽 깔개에 털썩 앉아 아픈 다리를 쉬었다.

굴 밖에서 처용의 날카로운 외침에 뒤이어 뭔가가 부딪히는 소리가 들려왔다. 윤은 밖으로 달려 나갔다.

처용이 흑곰과 맞붙어 싸우고 있었다. 잘 보니 곰이 아니라, 온통 검은 털가죽을 걸치고 검은 두건과 수건으로 얼굴을 가린 사람이었다. 짐승처럼 그르릉대는 소리는 그자의 입에서 나는 거였다.

흑치. 두 글자가 윤의 뇌리를 스쳤다.

'소문으로만 듣던 흑치를 진짜 만날 줄이야!'

윤은 화살을 메겼으나 둘이 한 덩이로 엉겨 있어 화살을 쏘기가 쉽지 않았다. 다행히 둘의 몸싸움은 호각지세여서 어느 쪽도 밀리지 않았다. 용쓰는 소리가 처절했다.

윤은 계속 활을 겨누며 소리를 질렀다.

"이보시오! 우린 도둑도 아니고 관군도 아니오. 우연히 이곳에 들어온 것뿐이오! 해칠 마음 없소!"

그 시커먼 사내는 윤을 흘깃 보더니 온 힘을 다해 처용을 밀치고 달아났다.

처용과 윤이 들어온 협로로 내달리는 사내의 뒷모습이 진짜 흑곰 같았다. 윤은 활시위를 당겼으나 차마 쏘지는 못했다. 이 정도 거리면 백발백중인데 사람을 쏘아 맞춘 적이 없었던 것이다. 비록 공격당하긴 했으나 어쨌든 불청객은 처용과 윤이 아닌가. 윤이 망설이는 그 짧은 순간에 사내는 모습을 완전히 감추었다.

윤은 화살을 도로 화살통에 넣고 처용에게 달려갔다. 처용은 주저앉은 채 거친 숨을 몰아쉬고 있었다.

"다쳤잖아."

처용 앞에 앉으며 윤이 걱정스럽게 말했다. 왼 손바닥이 칼에 베여 피가 흘렀다.

"약초를 보고 있는데 갑자기 뒤에서 단검으로 나를 찌르려 했어. 진짜 짐승처럼 소리도 없이 다가왔다."

"사람들이 흑치라 부르는 광인인 듯해. 이런 데서 약초밭을 가꾸고 있을 줄이야. 그런데 너를 죽이려 했다고? 그럴 줄 알았으면 활로 쏴줄 걸! 상처가 꽤 깊다."

"이 정도 상처는 아무것도 아니야. 무예 수업할 땐 이보다 크게 다친 적도 많았다."

처용이 덤덤히 말하며 약초잎을 몇 장 훑어 땄다.

"주위에 지혈할 것투성이니 좋네."

"동굴 안에 절구도 있어. 일단 들어가자."

윤은 흑치가 사라진 길목을 흘깃 보았다.

"다시 나타날까? 내게 활과 검이 있는 걸 보았으니 그러진 않겠지? 다시 돌아온다면 활로 쏘아줄 테야."

"음, 놈도 놀랐을 테니 돌아오지 않을 거야."

둘은 다시 동굴 안으로 들어갔다. 윤은 약초잎을 돌절구에 찧은 다음 처용의 상처에 처덕처덕 발랐다. 머리띠를 찢어 손을 처매고 있자니 처용에게서 시원하고 고상한 향이 풍겼다.

“너한테서 좋은 냄새가 나. 서역 향료겠지?”

윤이 처용의 가슴팍에 코를 들이대자 처용이 깜짝 놀라 몸을 뒤로 젖혔다.

“왜, 나한테서 땀 냄새 나냐?”

윤은 팔을 코에 갖다대고 냄새를 킁킁 맡았다.

처용이 어이없다는 표정으로 무슨 말을 하려다 말고 벌어진 옷깃만 여미었다.

윤은 바랑에서 떡과 과일을 꺼내 처용에게 주고 자신도 먹었다. 배가 부르자 윤은 가죽 깔개에 벌렁 드러누웠다. 옆자리를 손바닥으로 톡톡 치며 처용도 누우라고 불렀지만 처용은 화들짝 놀라 한 번 더 물러나 앉을 뿐이었다.

“뭐 하는 자일까?”

처용이 나지막이 중얼거렸다. 윤은 어깨를 으쓱했다.

“몹쓸 병에 걸려 산에 숨어 사는 사람 아닐까? 온몸을 칭칭 감고 구걸하는 사람을 본 적이 있어. 사람들에게 험한 꼴을 많이 당했을 테니 뜻밖의 침입자에게 거칠게 구는 것도 이해 못 할 바는 아니야.”

“그래서 어찌 할까? 모른 척해?”

처용도 윤도 딱히 이 은둔자의 삶을 방해하고 싶지 않았다. 처음 산밭을 마주했을 때 느꼈던 고즈넉한 아름다움과 올올이 밴 정성 때문이기도 했다. 산밭을 가꾸는 고독한 은둔자가 딱히 세상에 이로울 것도, 해로울 것도 없지 않겠는가. 둘은 흑치를 관아에 발고하지 않기로 했다. 약초에 관심이 많은 처용은 내심 흑치의 약초밭에 다시 와 약초를 살펴보고 싶었다.

윤과 처용은 돌탑이 있던 입구로 되돌아나와 산을 계속 올랐고 시야가 탁 트인 산등성이에 위엄 있게 서 있는 주목나무를 발견했다. 눈 아래로 보이는 풍경이 시원하고 아름다웠다. 신라의 산야를 그리워하며 죽은 넋이 깃들기에 좋았다. 윤과 처용은 주목나무 아래 죽은 선원의 유품을 묻었다.

발아래 굽이굽이 푸른 골짜기를 내려다보며 둘은 죽은 선원의 명복을 빌었다.

❀

"나비가 꽃을 얻었다."

윤은 윷점을 쳐 나온 점괘를 보고 한숨을 폭 쉬었다.

"꽃은 무슨. 내가 필요한 건 돈이란 말이다."

부처님 탄신일에는 절이란 절마다 사람들의 축원을 담은 화려한 연등이 하늘을 덮고 집집마다 깃대에 연등이 걸린다. 이 연등만은 비록 아이라 해도 자기 힘으로 장만해야 한다. 윤과 창은 오는 부처님 탄신일에 황룡사의 연등제와 탑돌이에 처음으로 가게 되었다. 황룡사의 연등제는 아름답고 웅대하기로 이름 높아 얼마나 마음이 설렜는지 모른다. 그날 황룡사엔 온갖 솜씨를 부린 귀하고 아름다운 등들이 걸릴 텐데 윤이라고 뒤지고 싶지 않았다. 아름답고 귀한 연등을 황룡사에 걸고 싶었다. 하지만 연등을 장만할 돈이 없었다. 바느질을 할 줄 알면 삯바느질이라도 하고, 길쌈을 할 줄 알면 마을 여자들 일을 돕고 품삯을 벌었겠지만 윤이 가진 재주란 게 도무지……. 윤은 문득 돈 많은 새 이웃에 생각이 미쳤다.

윤은 마당으로 나가 해덕의 별채를 낀 담으로 다가갔다. 손에는 제웅을 들고 있었다. 복숭아나무로 깎아 붉은 칠을 한 액막이 제웅이었다. 어머니가 외할머니의 서신을 받고 걱정이 되어 윤에게 준 제웅이었다.

윤은 담 너머로 별채 마당을 둘러보았다. 처용은 회나무 아래 놓인 장의자에 앉아 책을 읽고 있었다. 처용도 태생적으로 집 안에 있는 성격은 아닌 모양이었다. 윤은 씩 웃고 제웅을 힘껏 던졌다. 제웅이 처용의 발밑에 툭 떨어지는 걸 확인하곤 얼른 담 아래 쪼그려 앉았다. 한참 기다렸다 몸을 일으켜 담장에 팔을 걸었다. 처용이 미소 띤 얼굴로 이쪽을 보고 있어서 민망했지만 짐짓 모른 척 말했다.

"그쪽으로 뭔가 떨어지지 않았어?"

"이거 말이야?"

처용이 제웅을 들어보였다. 윤은 깜짝 놀란 표정을 짓고 담을 훌쩍 넘었다.

"저런, 내 제웅이 왜 네 손에? 이를 어째."

윤은 너스레를 떨며 다가갔다.

처용은 웃을 듯 말 듯한 얼굴로 윤을 빤히 보았다. 뚫어질 듯 보는 처용의 짙푸른 눈빛에 괜히 마음이 싱숭생숭해졌지만 윤은 열심히 너스레를 떨었다.

"이것은 액막이 제웅이야. 길에 떨어진 제웅을 주우면 원래 주인에게 액막이 값을 두둑이 치러야 한대."

윤은 '두둑이'에 힘주어 말하면서 의자에 앉았다.

"길에 떨어진 게 아니라, 네 집 쪽에서 날아왔는데?"

"제웅이 새 주인을 만나고 싶어 마음이 급했나 보다."

윤은 뻔뻔스레 나가기로 했다. 처용은 쿡쿡 웃었다.

"그래서 제웅값이 얼마기에?"

윤이 냉큼 대답했다.

"황룡사에 걸 가장 멋진 연등 하나 값."

처용이 소매에 손을 넣었다.

"신라에 왔으니 신라의 풍습에 따라야겠지. 허나 난 액땜 따위 안 믿는다."

처용이 소매에서 꺼내 든 걸 보고 윤은 숨이 콱 막혀왔다. 당나라 엽전 개원통보 한 꾸러미! 금성의 시장에서도 널리 쓰이지만 윤은 한두 닢 이상 가져본 적 없는 돈이었다.

윤은 제웅 따윌 팔러 온 잘디잔 자신을 속으로 꾸짖고는 의자를 바싹 당겨 앉았다.

"사실 나도 그래. 이런 나무토막으로 무슨 화를 막아. 사람이 낫지. 나로 말할 것 같으면 검이면 검 활이면 활, 못 다루는 게 없고 맨손으로도 장정 한둘쯤은 이긴다고. 이래 봬도 신라 땅이 몹시 험해. 사람들 성정도 흉포하고. 그러니 나를 호위 무사로 써라."

처용은 웃음을 터뜨렸다. 부자는 과연 웃음소리도 호방하다고 윤은 생각했다.

"그도 좋겠다. 그러지 뭐."

참 시원시원해서 좋구나. 윤은 좋아서 찢어지는 입을 손으로 꾹 누르고 의젓하게 말했다.

"잘 생각하였소. 처용 공자, 성심을 다해 지켜드리겠소."

"한데 호위 무사는 늘 주인 가까이 있어야 하는 거 알지? 꽃과 나비처럼 말이다."

처용이 턱을 괸 채 윤을 그윽이 보며 말했다. 꽃과 나비라. 점괘가 장히 맞구나.

윤이 힘주어 대답했다.

"당연하지. 이 한 몸 나비처럼 꽃을 따라다니리다."

처용은 소리 내어 웃었다.

황룡사 연등제

초파일 연등제 아침 큰 시련이 윤을 기다리고 있었다. 처용이 연등제에 입을 옷을 지으라며 비단을 보내왔는데 어머니가 그걸로 장만한 옷이 가관이었다.

손바닥만 한 적삼과 녹색 주름치마, 어깨에 걸치는 하늘하늘한 피백. 윤은 기절초풍할 뻔했다. 대체 이걸 입고 어떻게 움직이란 말인가. 검은 또 어디에 차고?

"윤아, 첫 연등제가 아니냐. 어머니도 한번은 네게 예쁜 옷을 입히고 싶었던 모양이다. 오늘만 입어주면 안 되겠느냐?"

아버지의 부탁에 윤은 눈물을 머금고 옷을 입기로 했다. 머리를 양쪽에서 땋아 틀어올리고 곡례의 도움으로 겨우 옷을 걸치고선 밖으로 나가는데 몇 번이나 넘어질 뻔하니 절로 울화가 치밀었다.

해덕네 대문 앞길에 말 두 마리가 끄는 마차가 서 있었다. 해덕의 아버지 최 현령이 처용을 위해 내준 것이었다. 창도 해덕도, 처용마저도 눈이 휘둥그레져 자신을 쳐다보는 바람에 더욱 기분이 나빠진 윤은 소처럼 콧김을 뿜으며 소리쳤다.

"내 꼴이 우스운 줄은 나도 안다. 어머니가 애써 지어주신 옷을 안 입는 것도 불효라 오늘 하루만 참는 것이니 비웃으면 주먹맛을 볼 줄 알아!"

창과 해덕은 벌린 입을 얼른 다물었다. 처용은 웃음을 참는 표정으로 달래듯 말했다.

"나는 그냥 비단을 보냈을 뿐이지 어떤 옷을 짓는지는 몰랐다. 화내지 마. 양주엔 아름다운 여인들이 많은데 내가 본 어떤 여인보다 더……."

"뭐야? 내가 기녀 같단 말이야?"

당나라 양주에 휘황찬란한 주루도 많고 기루도 많다는 건 윤도 익히 들어서 알았다.

"음? 아니 내 말은 그게 아니라……."

"벌써부터 기루나 드나들고."

처용은 한숨을 폭 쉬더니 입을 다물었다.

"보다시피 검을 찰 수 없으니 내 검도 네가 갖고 있어!"

윤이 불쑥 내미는 검을 처용은 군말 없이 받았다. 호위 무사가 제 검을 주인에게 맡긴 모양새가 그닥 좋진 않지만 할 수 없는 일이었다. 구름 자수를 놓은 쪽빛 장포를 입고 쌍검을 찬 처용의 모습이 늠름하고 훤칠했다. 그 옆에서 거추장스럽고 요상한 옷을 입고 선 자신의 모습을 생각하니 윤은 절로 한숨이 났다.

이날을 위해 정성껏 만든 연등을 마차에 싣고 드디어 금성으로 출발했다. 연등이 별처럼 반짝이는 금성의 밤거리는 황홀할 것이었다. 모대의 연등도 준비했다. 모대는 아버지와 함께 황룡사 앞으로 나오기로 되어 있었다.

날이 참 좋았다. 하늘은 파랗고 산과 들은 연둣빛으로 반짝였다. 올해는 일찍 더운 듯했다.

마차를 관아 거리 옆 공용 마구간에 맡기고 들뜬 마음으로 북궁 대로로 향했다. 지평선까지 뻗어나간 기와집, 절마다 솟구친 층층탑, 북궁까지 쭉 뻗은 대로, 금성에 들어서면 별세계에 온 기분이 들었다.

"저기가 임금님이 계신 월성이고, 저 아름다운 연못이 월지이고, 그 뒤로 보이는 궁궐이 동궁이야. 그리고 저 높디높은 탑이 바로 황룡사 9층 목탑이야."

궁궐과 누각들이 치장한 비빈과 문무백관이라면, 가히 황룡사 9층탑은 그들을 거느린 왕이라 할 만했다. 그 장엄한 아름다움은 몇 번을 보아도 새롭게 마음을 사로잡았다.

"탑이 저리 높아서 낙뢰를 맞고 불탄 적이 한두 번이 아니고 그때마다 임금님들이 초석 아래 중수를 기념하는 보물을 넣으셨대."

양주의 화려함에 익숙한 처용도 창의 설명에 감탄하며 탑을 바라보았다.

마차가 나란히 열 대는 지나갈 드넓은 북궁 대로 오른쪽에 신라 최고의 시장인 동시가 있고 맞은편에 황룡사가 있었다. 층층누각 가게들엔 깃발마다 형형색색 연등이 달려 있었다.

창과 해덕은 모처럼 느긋하게 구경하겠다며 동시로 갔고 윤과 처용은 불자들이 나눠주는 느티떡과 볶은 콩을 받아서 황룡사 앞 풀밭에 자리를 폈다. 황룡사 담장 안에서 악사들이 연습하는 소리가 흘러나왔다.

황룡사 일주문에 줄이 길어지기 시작했다. 한눈에 봐도 귀족과 부자들로 화려한 옷차림을 하고 풍성한 공양 수레를 대동하고 있었다. 절 마당에서 열리는 법회를 듣기 위해 오는 사람들이었다.

황룡사에는 대로 쪽으로 난 일주문 외에도 남문이 있는데 남문으로도 하나둘 사람들이 줄을 서기 시작했다. 그들은 일주문에 줄지어 선 사람들과 달리 남루한 옷차림의 평민들이었다. 공양 수레 대신 노모를 업은 사람도 있었다.

“비마란타 스님을 뵈러 가는 이들이오.”

향과 꽃 등 부처님께 바칠 공양물을 파는 노점 주인이 윤의 호기심에 답해주었다.

“오늘 같은 날은 정식 법회가 있기 전에 스님의 요사채로 가난한 이들을 불러 축원 기도를 해주신다오. 비마란타 스님 아니면 언감생심 저이들이 황룡사 문턱을 어찌 넘겠소? 주지는 질색하면서도 임금님이 아끼는 비마란타 스님이라 마지못해 허락하는 거라오.”

모대가 윤과 처용을 발견하고 함박웃음을 지으며 달려왔다. 윤이 잉어등을 내놓자 좋아 소리를 지르며 윤에게 안기는 모대를 보며 모대 아버지 범개가 놀란 듯 눈을 끔벅였다. 윤이 생각해도 모대는 누가 다가가면 벌벌 떨던 때와는 전혀 다른 아이가 되었다.

“등 구경 많이 하였니?”

윤의 물음에 모대는 눈을 반짝이며 고개를 끄덕였다.

“하나같이 사람의 솜씨가 아닌 듯했어요, 아가씨. 용등이 가장 멋있었어요!”

"지난해 연등제엔 무얼 하였니?"

모대는 고개를 갸웃갸웃하더니 아버지가 일을 쉬는 다른 날과 다를 바 없이 보냈을 거라 대답했다.

"우리 같은 이가 구경 와도 되는지 몰랐어요. 불러주어서 감사해요. 아가씨."

"감사하다니. 금성 사람은 누구나 구경할 수 있는 연등제다. 내년에도 내후년에도 아버지와 와라."

"그럴래요. 내년에도 내후년에도 아버지와 연등제 구경 올래요."

모대가 환하게 웃으며 대답했다.

남문을 보다가 윤은 좋은 생각이 났다. 모대 부자는 고향 마을에 역병이 돌아, 죽은 모대 어머니를 겨우 땅에 묻고 떠났다고 들었다. 비마란타 스님에게 모대 어머니의 축원 기도를 부탁하면 좋을 것 같았다. 윤이 그 이야기를 꺼내니 모대 아버지 범개는 눈물을 글썽일 정도로 기뻐하면서도 정말 그래도 되는지 믿기지 않는 듯했다.

윤이 남문에 줄지어 선 사람들을 가리켰다.

"황룡사는 평소에 아무나 들어갈 수 없는 절이긴 하지만 오늘은 아니에요. 지금 저 사람들도 비마란타 스님을 만나려고 기다리고 있는 거예요."

처용에게 창과 해덕이 올 때까지 기다려 달라 하고 남문으로 가려는데 처용이 윤의 소매를 잡았다.

"공양물은 가져가야지."

처용은 꽃과 향을 사서 모대 손에 쥐여주었다.

범개는 목이 메어 말도 못하고 그저 고개만 조아렸다. 처용에게 미소로 고마움을 전한 윤은 모대 부자를 데리고 남문으로 가서 줄을 섰다. 마침내 차례가 되어 절문으로 들어갔다.

웅장한 금당과 거대한 탑이 서방정토에 들어온 듯하였다. 넓디넓은 마당에는 가극 공연을 올릴 화려한 채붕이 세워지고 있었다. 연습 중인 악사들이 저마다 불고 두드리고 뜯는 악기 소리가 요란하여 기분을 돋웠다.

비마란타 스님을 오래 알았어도, 황룡사 안까지 들어온 건 처음이라 윤도 눈앞에 펼쳐진 광경에 어리어리하였다. 세 사람은 동자승의 안내를 받아 푸른 대나무가 울타리를 이룬 오솔길로 접어들었다. 길 끝에 작은 돌계단을 오르니 솔숲을 등지고 단청이 벗겨진 전각이 나타났다. 방 하나에 부엌이 딸린 아담한 전각이었다. 스님이 손수 식사도 짓는 줄은 몰랐다. 하긴 다른 승려들과 함께 끼니를 해결한다면 절 안에서 자유롭다 말할 수 없을 것이다.

전각 문이 열리고 신도가 나오자 모대 부자의 차례가 되었다. 범개는 모대의 어깨를 안고 뭐라고 속삭였다. 모대는 고개를 끄덕이더니 잉어등을 들고 전각 앞, 회화나무 아래 의자에 얌전히 앉았다.

널마루로 된 바닥에 두툼한 보료와 책상, 반닫이장이 놓인 소박한 방이었다. 서역에서 온 비마란타 스님이 좌식 생활을 하는 것이 뜻밖이었다. 의자를 여럿 놓기엔 방이 작으니 오늘 같은 날 찾아오는 신도들을 위한 배려가 아닐까 싶었다. 들창으로 시원한 솔향을 품은 바람이 들어왔다.

비마란타 스님은 보료에 앉아 있었고 책상 맞은편 바닥에 방석이 두 개 놓여 있었다. 신도들을 맞느라 한쪽 구석에 치워놓은 종이 더미들이 눈에 띄었다. 불경 번역은 오랜 세월 매진해야 하는 성스러운 불사라 들었다. 윤은 새삼 스님이 존경스러웠다.

"스님, 저 윤이에요. 그동안 강건하셨어요?"

윤이 인사하자 비마란타 스님이 놀라 고개를 들었다.

"윤 소저, 여긴 어쩐 일이십니까?"

마주보는 두 사람의 입가에 정다운 미소가 어렸다. 기약하고 만나는 일 없고 몇 달을 보지 못하기도 하지만 춘수모운이라 했던가, 둘의 우정은 맑고 깊었다.

"오늘 같은 날 주지는 비마란타 스님이 사람을 구름처럼 모아놓고 법회를 열어주길 바랄 텐데. 이러다 주지에게 미움 사시겠어요."

윤이 짐짓 잔소리를 했다. 비마란타 스님은 빙그레 웃었다.

"주지는 처음부터 소승을 싫어했습니다."

윤은 범개를 소개하고 찾아온 목적을 말했다. 범개는 진심을 담아 깊이 절했다.

"우리 모대에게 해주신 일, 말씀으로만 전해 들었사온데 오늘에야 이리 뵙습니다."

"무엇을 발원하십니까?"

비마란타 스님이 고요한 목소리로 물었다. 두 손을 모아쥐는 범개의 눈빛이 처연해졌다.

"저희 부부는 박복한 처지로 만나 힘을 합쳐 열심히 살았습니다. 모대가 태어나고 하루하루 꿈같은 나날도 잠시, 공등*이 나라에 마을의 장정 수를 부풀려 올리는 바람에 군역을 두 번 살게 되었습니다. 어린 자식과 처, 아라를 두고 떠나려니 억장이 무너졌으나 달리 길이 없었지요. 삼 년을 하루도 잊지 못하고 애면글면 버티어 돌아와 보니 마을에 역병이 돌아 사람들이 다 떠나고 없었습니다. 집으로 달려가니 역한 냄새가 저를 맞았습니다. 부들부들 떨리는 손으로 문을 열고 들어서니 이불을 덮어둔 시신 옆에 뼈만 남은 모대가 웅크리고 있었습니다. 병에 걸려 죽은 어미 옆에 모대 혼자 버려져 굶어 죽어가고 있었던 겁니다. 집 마당에 가엾은 처를 묻고 모대를 업고 떠났

*촌의 호구를 조사하는 사람.

습니다. 이리저리 떠돌다가 여기까지 흘러들어왔습지요. 역병이 도는 마을을 서둘러 벗어나느라 죽은 처를 위해 아무것도 못해 준 것이 내내 마음에 걸렸습니다. 구천을 떠도는 아라의 넋이 극락왕생하도록 축원해 주십시오."

윤은 마음이 아렸다. 모대는 빈집에 홀로 있지 못해 날마다 아버지를 따라나섰던 거구나.

말없이 듣던 비마란타 스님이 말했다.

"축원을 해드리겠습니다. 허나 시주께서도 그만 부인을 놓아주십시오. 부인이 떠나지 않는 것이 아니라 시주께서 그를 놓지 못하는 것입니다."

불 앞에서 오래 일해 주름이 자글자글한 범개의 눈에서 눈물이 흘러내렸다.

"아라가 차가운 구천을 떠나 극락왕생할 수 있다면 그리하겠습니다."

스님의 축원 기도는 길지 않았지만 외롭게 떠도는 넋을 극락으로 밀어 올리는 힘이 느껴졌다. 축원을 마치고 밖으로 나오니 땅바닥에 그림을 그리며 놀던 모대가 맑은 눈으로 물었다.

"이제 어머니는 극락에 가셨나요?"

윤은 가만히 고개를 끄덕였다.

"네 잉어등을 비마란타 스님이 계신 여기 나무에 달자. 스님 덕에 기운이 맑고 환해 어머니가 하늘에서 내려다보고 찾기

쉬우실 거다."

"예, 좋아요."

윤은 회화나무 낮은 가지에 잉어등을 달았다. 솔숲에서 바람이 일어 등이 일렁였다. 윤은 모대 어머니의 극락왕생을 빌었다.

❀

따로 구경을 다니겠다 하여 모대 부자를 보내고 와 보니 창과 해덕이 돌아와 있었다. 해사한 청년 셋이 풀밭에서 뒹구는 모습이 싱그러웠다. 국학에 다니느라 공부에 찌든 창과 해덕은 동시 구경이 즐거웠던 모양인지 쉴 새 없이 떠들어댔다. 처용은 비스듬히 누워 한 팔로 머리를 받친 채 미소를 머금고 둘의 이야기를 들어주고 있었다. 곧은 콧날과 단정한 입술, 탄탄한 팔뚝에 윤의 눈길이 저도 모르게 머물렀다.

"맞아! 스승님도 만났지 뭐야? 실력이 출중하고 유생들에게 자애로운 분이지."

창의 말에 해덕이 싱글거렸다.

"넌 홍렴 스승님과 같이 있던 소녀만 바라보았잖아? 아주 넋이 나갔더만. 달에서 내려온 항아 같다고 그랬잖아."

창은 얼굴이 빨개지더니 순순히 수긍했다.

“하늘 같은 스승님 곁에 있어서 말도 못 붙여봤어. 친척일까? 이웃일까? 다시 볼 수 있었으면!”

창은 한숨까지 폭 쉬었다.

예닐곱 살 무렵부터 창 옆에는 늘 소녀들이 있었다. 그동안은 소녀들이 창을 먼저 연모하고 창이 받아들인 것인데, 이번은 창이 한눈에 반한 모양이었다.

“이럴 줄 알았으면 집이라도 알아둘걸. 정말로 인연이라 느꼈단 말이다.”

해덕과 윤은 그 선녀를 다시 본다면 창이 네가 애타게 그리워한다 전하겠노라 놀려댔다.

탑돌이가 시작되었다. 선남선녀들이 황룡사 탑을 겹겹이 돌며 춤을 추었다. 여인들이 웅성대기에 윤이 고개를 들어보니 하늘에서 내려온 신선인가 싶은 미남자가 가까이 있었다.

활처럼 휜 눈썹, 수정 같은 눈, 곧은 콧날 아래 붉은 입술이 갸름한 얼굴에 다 담겼는데 늘어진 순금 귀걸이와 달빛으로 짠 듯한 은자빛 장포는 그저 미모를 도울 뿐이었다.

그 또한 아는 사람을 보듯 윤을 뚫어지게 응시했다. 혹 창이 아는 사람인가 생각해보았으나 이런 미남자를 창인들 어찌 알랴 싶어 윤은 고개를 돌리고 발걸음을 떼놓았다.

탑돌이가 끝나고 서역에서 온 극단의 공연이 시작되었다. 원

숭이, 사람 말을 흉내내는 새, 무희, 입으로 불을 뿜는 역사가 사람들의 마음을 사로잡았다. 이윽고 가극이 시작되었는데 주연 배우가 난쟁이였다.

얼굴을 그림 그리듯 붉고 희고 푸른 안료로 칠해서 좀 처연해 보였다. 그러다 연기와 노래를 시작하자 그 그림은 변화무쌍하게 바뀌며 생기를 내뿜었다. 윤은 이내 그가 난쟁이란 사실을 잊었다. 천의 얼굴을 가진 신처럼 왕이 되었다가 잔인한 괴물이 되었다가 용맹한 장군도 되었고 노래는 우렁차다가도 애처롭고 분노로 포효했다. 윤은 완전히 사로잡혀 이 후로 며칠 동안 난쟁이 배우의 꿈을 꿀 정도였다.

해질녘이 되자 드디어 연등식이 시작되었다. 악단이 삼현육각의 음악을 연주하고, 파란 옷을 입고 아름답게 화장한 네 사람의 화랑이 시범무를 추었다. 오색등이 차례차례 불을 밝히니 극락정토가 옌 듯싶었다.

흥에 겨운 창과 해덕은 탑에 올라 천하를 굽어보겠다며 처용을 끌고 가버렸다. 황룡사 탑은 이런 날 아니면 일반 백성들에게 개방되지 않기 때문이다. 탑에서 굽어보는 금성의 밤 풍경은 기대에 어긋나지 않을 것이지만 윤은 치맛자락이 끌리는 옷을 입고 종일 돌아다니느라 지쳐버렸다. 사람이 없는 구석진 행각에 가서 자리를 펴고 퍼질러 앉았다. 불편한 꽃신을 벗고 발을 문지르니 좀 살 것 같았다. 배에서 꼬르륵 소리가 요란하게 났다. 음식이 차려진 곳으로 가보니 맛난 음식이 가득이라 눈이 돌아갈 지경이었다. 구운 멧돼지고기와 야채절임을 들고 자리로 돌아오니 윤의 자리에 다른 여인이 앉아 있었다.

"여긴 제 자리인데……."

그러자 여인이 고개를 들었는데 보름달처럼 고운 미녀였다.

"용서하세요. 너무 다리가 아파서 그만. 혹 괜찮으시면 함께 앉아도 될는지요."

윤은 고개를 끄덕였다. 둘은 나란히 앉아 사이좋게 음식을 나눠 먹었다.

"어느 댁 귀녀신지요."

"모화리에 사는 설윤이라고 합니다. 이방부 좌사 설치수의 여식이에요. 오늘 처음 여인의 옷을 입었더니 불편하네요."

"저는 활리에 사는 향아라고 해요."

활리라면 북궁 근처, 대궐 같은 집이 즐비하다는 부자 동리였다.

"여인의 옷을 처음 입다니, 그럼 평소에는 남자 옷을 입으신다는 말이에요?"

향아가 눈을 동그랗게 뜨고 물어 윤이 고개를 끄덕였다.

"저는 남정네와는 말을 주고받지도 않는데, 우리가 벗이 될 인연인가 보아요."

"왜 남자를 싫어하세요?"

향아는 얼굴을 붉혔다.

"싫어한다기보다 멀리하는 거지요. 저희 집안은 대대로 불심이 깊어요. 저는 비구승이 되기로 마음먹었답니다. 제가 친남매처럼 사이좋게 지내는 남자는 어릴 때부터 이웃으로 살았던 홍렴 오라버니뿐이에요. 지금은 홍렴 오라버니가 본가에서 독립해 자주 보지 못하지만요. 제가 성화를 부려 데려왔더니 탑돌이만 끝내고 휑하니 가버렸네요."

윤은 홍렴이란 이름을 어디서 들어본 것 같았지만 기억나지 않았다.

"역관인 저희 아버님이 그분 집안과 오래 거래하여 친분이 두텁답니다. 그런 거래는 서로 믿음이 있어야 하니까요."

향아는 살짝 윤의 눈치를 보며 덧붙였다.

"하지만 저는 진골이 아니에요. 놀라셨죠?"

솔직히 놀랐지만 윤은 손사래를 치며 말했다.

"저도 진골이 아닌걸요."

"그렇군요!"

향아의 눈에 반가움의 빛이 어렸다. 향아는 주저하더니 씁쓸한 표정으로 털어놓았다.

"사실 저에겐 벗이 없어요. 진골 귀녀들은 신분이 낮다고 저를 은근히 따돌려요. 재산만 놓고 보면 우리가 저희보다 훨씬 부자일 텐데. 저와 신분이 같은 벗들은 앞에서는 듣기 좋은 말을 하고 뒤에선 저를 흉보고요. 아무도 저를 진심으로 대하지 않아요."

한숨을 쉬며 말하는데 윤은 마음이 찡했다.

향아는 그동안 말벗이 목말랐던지 이런저런 얘길 들려주었다. 집안 대대로 역관으로 당과 왜를 오가면서 무역으로 부를 쌓았다는 것. 윤과 동갑이고 비구승이 되겠단 결심을 한 지는 얼마 안 되었다는 것. 윤은 조만간 향아의 집에 놀러가겠다는 약조까지 하게 되었다.

젊은 남자들 넷이 왁자지껄 몰려오더니 옆에 자리를 잡았다. 술과 안주를 펼쳐놓고 떠들어대는 소리에 비마란타 스님의 이름이 오르내려 윤은 귀를 쫑긋 열었다. 들어보니 유학 온 지방 호족의 자제들인데 비마란타 스님을 헐뜯고 있었다.

관직 얻기가 하늘의 별따기인 금성인지라, 부와 명예를 얻은 외국인들에 대한 반감이 커지는 모양이었다. 자신들을 보는 윤을 향해 그중 한 남자가 호기롭게 말을 걸었다.

"이런 좋은 날 어찌 여인들끼리만 계시오?"

술 냄새가 코를 찔러 윤은 고개를 돌렸다. 차림새와 생긴 것은 번듯하나 그들의 대화를 들은 윤은 조금도 말을 섞고 싶지 않았다.

"아직 밤이 기니 함께 어울려 노십시다."

남자는 털썩, 향아 옆에 붙어 앉았다. 윤은 그자를 노려보았다. 그자는 윤과 향아를 보더니 큰 소리로 제 벗들을 불렀다.

"우리가 오늘 운수대통이네. 여기로 와보자 한 게 나니, 나한테 술을 거하게 사게."

그러자 나머지 사내들이 비틀대며 윤과 향아를 에워싸고 왁자하게 떠들어댔다. 윤은 참지 못하고 벌떡 일어났다. 일어나고 보니, 검을 처용에게 준 게 떠올랐다. 단검조차 없다. 윤은 여인의 옷차림에 새삼 한탄했다. 윤의 옷자락을 붙든 향아의 손이 떨리는 게 느껴졌다. 이런 옷을 입고 맨손으로 싸워야 한다 생각하니 짜증이 났다. 아버지에게 맨손 무예인 수박을 열심히 배운 게 그나마 다행이었다.

"너희와 놀 마음이 전혀 없으니 다른 데로 가라."

윤이 냉랭하게 쏘아붙였다. 처음 말을 붙인 남자가 비열하게 빙글거리며 윤의 손목을 쥐었다.

"우리가 누군지 알고? 맹랑한 계집이로구나."

윤은 화가 치밀어 그자의 손을 확 비틀어 꺾으며 턱을 날려버리려는데, 퍽! 하는 소리와 함께 그자가 앞으로 고꾸라졌다. 비명을 지르며 뒤통수에 갖다댄 손에 붉은 피가 묻어났다. 윤은 아무것도 하지 않았는데 놀랄 새도 없이 또 퍽 소리가 나며 다른 놈이 다리를 싸안고 주저앉았다.

어느새 나타난 처용이 검을 휘두르고 있었다. 윤은 누구 하나 죽이는 줄 알고 아연 긴장했으나 다행히 검집에서 빼지 않은 검이었다. 진검이 아닌데도 머리통을 터뜨리다니, 무지막지한 기세가 살벌했다. 다리를 감싸쥐고 주저앉았던 자가 검을 들어 뒤에서 처용을 내리치려 하기에 윤이 손날로 쳐 쓰러뜨렸다. 또 한 놈은 처용이 휘두른 검에 어깨를 맞고 탈골이라도 된 듯 비명을 질렀다. 남은 한 놈은 제법 검을 빼들고 덤볐으나 단 두 초식 만에 칼등에 머리를 맞고 나뒹굴었다. 과연 사람의 탈을 쓴 맹수들이 우글대는 곳에서 익힌 검술은 달랐다.

터진 머리에서 피를 줄줄 흘리는 남자가 비틀비틀 일어나며 소리쳤다.

"이놈들, 내가 누군지 알고? 가만 두지 않을 테다!"

윤은 귀찮아졌다 싶어 입술을 깨물었다. 함께 관아에 가서 시시비비를 가려야 할지도 몰랐다. 아버지 치수의 얼굴이 스쳐갔다. 좋은 말을 듣지 못할 게 분명했다.

그때 향아가 조용히 그자 앞에 섰다.

"그럼 넌 내가 누군지 아니?"

생글생글 웃는 입술에서 나오는 도도한 반말에 상대가 움찔하는 게 보였다.

"지금 이 절 안에서 너보다 신분이 못한 사람이 몇이나 되려고. 이런 불미스러운 일로 부모님께 누가 되고 싶니? 네 부모님은 멀고 우리 부모님은 가까울 텐데 어떡하나, 어서 가라. 그렇지 않으면……."

향아의 목소리에 위협이 깃들었다. 남자의 얼굴에 주저의 빛이 떠오르더니 굳이 모험을 할 필요는 없다고 판단했는지 제 벗들을 일으켜 부리나케 일주문을 빠져나갔다.

윤은 감탄했다. 해맑은 모습은 향아의 일부일 뿐, 역관 집안의 후손답게 사람을 다룰 줄 아는 야무진 소녀였다. 향아는 한숨을 폭 쉬더니, 윤의 손을 감싸쥐며 달콤하게 속삭였다.

"윤아, 너는 어쩜 그렇게 당차고 용감하니? 왜 우리가 이제야 만났는지…… 아니다, 이렇게라도 만났으니 부처님께 감사드려야겠다."

윤을 바라보는 향아의 눈빛이 애틋하고 사랑스러웠다. 그때 금강역사처럼 생긴 호인*이 향아에게 달려왔다.

"아가씨! 저에게 거짓으로 심부름을 시키시고 자꾸 이렇게 따돌리시면 주인 나리께 다 이르겠습니다!"

향아는 곱게 웃으며 집사를 달래려 했으나 집으로 돌아가는 신세를 면하지 못했다. 떠나면서 향아는 아쉬운 낯빛으로 윤에게 꼭 집에 와 달라고 속삭였다.

윤은 한숨을 쉬고 처용을 돌아보았다. 처용은 언제 야수처럼 싸웠냐는 듯 냉정한 얼굴로 검집의 피를 닦고 있었다.

"약초나 캐러 다니는 줄 알았더니 쌈박질도 잘한다."

*고대 중국에서 서역인을 부르는 말. 기골이 장대하여 외국에서 용병이나 호위 무사로 활동하기도 했다.

윤의 말에 처용이 어깨를 으쓱했다.

“천문학, 지리학, 항해술, 외국어. 온갖 것을 배우느라 잠잘 틈도 없었다고 내가 얘기 안 했나? 검술이라고 안 배웠을 리가.”

잘난 척을 해도 멋이 있으니 어쩌겠는가. 손에 묻은 피를 닦으며 처용이 이맛살을 살짝 찌푸렸다.

“양주의 상단에게 왕성의 힘은 멀고 군벌의 힘은 가까워. 들쑤시는 망나니들이 좀 많아야지. 전쟁터가 따로 없어. 힘이 약해지거나 잠시 방심하면 여지없이 먹힌다.”

“그래도 좀 과했어. 피를 볼 것까지야. 나와 향아가 다친 것도 아닌데.”

“그랬다면 저놈들은 오늘 내 손에 죽었겠지.”

처용이 험악하게 뱉는 말에 윤은 또 가슴이 술렁였다.

‘이놈이 시도 때도 없이 요즘 왜 이래. 병에라도 걸렸나.’

제 가슴에게 화를 내고 있는데 창과 해덕이 허위허위 달려왔다.

“무슨 일 있었어? 처용 형님이 탑을 내려오다가 밖을 내다보더니 갑자기 몸을 날리며 내려가기에 허둥지둥 따라왔지 뭐야.”

해덕이 휘둥그레 뜬 눈으로 물었다. 처용은 딴전을 피웠고, 윤 또한 웃음으로 얼버무렸다.

해덕은 어깨를 으쓱하고 창을 돌아보며 물었다.

"창아, 좀 전에 마주친 사람, 네가 한눈에 반한 그 달선녀 맞지?"

창을 보니 한껏 의기소침한 표정이었다.

"낮에 홍렴 스승님과 함께 있던 그 소녀가 호인 무사와 일주문으로 향하기에 반가워 말을 붙였지만 거들떠보지도 않고 쌩하니 가버렸어. 어찌나 냉기가 뚝뚝 흐르던지 얼어붙을 뻔했지 뭐야."

해덕은 실실 웃는 게 꽤나 고소한 모양이었다.

"허허, 창이 말도 못 붙여보고 소녀에게 거절당하는 날이 오다니."

창이 한눈에 반했다던 소녀가 향아였다니. 윤은 웃어야 할지 울어야 할지 알 수 없었다. 창의 첫 실연을 어떻게 수습할까 하는 생각에 한숨이 날 뿐이었다.

윤, 국학에 가다

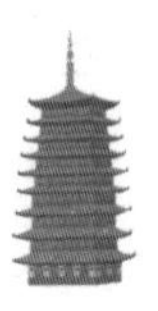

책을 옆에 낀 유생들이 명학당으로 총총히 걸어가고 있었다. 동궁에서 풍악 소리가 희미하게 들려왔다. 유생들을 따라 걸으면서, 윤은 창이 그림까지 그려가며 꼼꼼히 일러준 국학의 여러 장소들을 머릿속에서 하나하나 복기했다. 강연이 이루어지는 명학당, 국학의 도서를 소장한 보경각, 월지에 비견할 만큼 아름답다는 보경각 앞의 비월지, 그밖의 전각들과 정원과 후원…….

이게 다 향아 때문이다. 윤이 향아와 벗이 된 얘기를 들은 창은 눈을 빛내며 자신을 향아에게 소개해 달라고 졸랐다. 윤은 향아가 비구승이 되려 한다고 말해주었다. 창의 절망은 향아네 집에서 사람이 찾아와 정식으로 윤을 초대하자 절정에 다다랐다. 식음을 끊고 잠도 못 이루며 상사병을 앓던 창이 급기야 윤의 방문을 두드렸다.

"누이, 나 좀 살려줘."

창은 아쉬울 때만 윤을 누이라 불렀다.

"너를 데려가지 못해. 제발 정신 차려라. 남자와는 단 일 각도 마주 앉아 있을 마음이 없는 소녀라고."

"그러니까 하는 소리야, 누이. 우릴 구분하는 사람은 부모님과 해덕뿐이잖아. 우리가 작정하고 속이면 다 넘어가지. 내가 남자라서 향아를 만날 수 없다면 내가 누이인 척하면 되는 거 아니겠어? 어차피 누이가 평소에 여인의 옷을 입는 것도 아니고 어려울 게 없잖아."

윤은 입을 벌렸다.

"그러니까 네가 나인 것처럼 향아 집에 가서 향아를 만난다고?"

"그래. 이대로 얼굴도 못 보고 목소리를 들을 수 없다면 살지 못할 것 같아. 그냥 바라보기만 해도 좋겠어. 너는 전생에 무슨 덕을 쌓아 향아와 얼굴을 마주하고 얘기도 나누며 마음을 얻었는지 부러워 죽을 것 같다."

이쯤 되면 웃을 수가 없었다. 윤은 심각한 표정으로 창을 보며 물었다.

“네가 원하는 것이 향아와의 우정은 아니잖아. 여인들 간의 정이야 향아가 마다지 않겠지만 네 마음은 바싹바싹 타들어 갈 텐데?”

“향아와 날마다 만나 정이 도타워지면 사실을 고백할 거야. 나를 좋아하는 마음이 생기면 향아는 내가 여인이든 남자든 상관하지 않을 거야. 사람 좋아하는 마음에 남녀가 무어 중요해?”

창이 매사를 낙천적으로 받아들인단 걸 잠시 잊었군. 윤은 고개를 저으며 창을 바라보았다.

아름다운 얼굴에 밝고 느긋한 성정, 사랑스러운 태도. 누구나 좋아할 만한 아이인 건 부정할 수 없었다. 또한 창의 성정에 좋아하는 사람에게 무례하게 굴 리도 없었다. 벗도 없이 외롭게 지내온 향아에게 한결같이 마음을 다할 것이다.

윤은 한숨을 쉬었다.

“연모하는 마음이 죽을죄는 아니니, 설령 나중에 향아가 사실을 알게 되어도 너를 어쩌기야 하겠냐만 오래 속이진 말아라. 그리고 향아가 네가 남자란 사실을 안 뒤 너를 보지 않겠다 하면 그땐 너도 깨끗이 마음을 접어야 한다.”

창은 눈을 빛내며 윤의 손을 잡았다.

“물론이지. 이해해줘서 고마워, 누이.”

"한데 국학은? 그렇잖아도 공부를 따라가기 벅찬데 어쩌려고? 아버지 어머니가 아시면 가만 있지 않으실걸."

"누이, 국학을 빠질 수야 없지. 당장 들통날 텐데 향아를 계속 만날 수나 있겠어? 그래서 말인데……."

창이 눈웃음을 지으며 더 바싹 다가앉았다.

"누이가 나 대신 국학에 가줘!"

"논어 수업 듣는 유생들은 명학당 말고 비월지로 가시오! 박사님이 오늘 날이 좋아 야외 수업을 하겠다 하셨소!"

조교로 보이는 자가 나타나 소리쳤다. 명학당으로 향하던 유생들이 발걸음을 멈추고 웅성거렸다.

"안 그래도 졸리던 참인데 잘됐다."

"월상루에 다과상도 차려 놓았으렷다."

유생들은 좋아하면서 발걸음을 옮겼다.

윤은 비월지의 위치를 떠올리며 왼쪽으로 방향을 틀었다. 그때 동그란 현월문에서 젊은 사내가 툭 튀어나오는 바람에 윤과 부딪힐 뻔했다. 유생복도 안 입고 옷차림이 화려한 것이 새로 들어온 유생인 듯했다.

"이보오, 명학당이 아니라 비월지요. 월상루에서 수업을 하신다 하오. 갑시다."

친절하게 일러 주고 손목까지 잡아끄니 순순히 따라온다.

“비월지가 그렇게 아름답다지요. 동궁의 월지에 비해서도 빠지지 않는다 하여 비월지라면서요.”

윤은 아름다운 비월지를 보고 싶고 공부하고 싶은 마음에 발걸음을 빨리했다.

먼저 온 유생들이 비월지 앞에 옹기종기 모여 있었다. 잔뜩 긴장하여 발걸음을 내딛는데 모두가 한결같이 두 손을 모으고 윤에게 절을 하는 게 아닌가. 윤은 어리둥절하여 온몸이 굳었다.

“스승님, 오셨습니까?”

“어떻게 창과 함께 오십니까?”

윤은 피가 싸늘하게 식는 것이 느껴졌다. 첫날부터 이런 실수를 하다니. 창의 스승을 알아보지 못한 것이다! 해덕이 하얗게 질린 얼굴로 이쪽을 보고 있었다. 오늘 아침에야 창 남매에게 이야기를 들은 해덕은 기함하고 말렸지만 어디 말을 들어먹을 남매인가. 윤이 난감한 심정을 감추고 천천히 고개를 돌려 스승을 올려다보니 그가 몹시 즐거운 낯빛으로 싱긋 웃었다.

윤은 그 얼굴이 낯익어 미간을 찡그리며 보다가 그만 두 손으로 입을 막았다. 초파일에 탑돌이할 때 본 그 절세 미남이 아닌가? 아무리 짧은 순간이었다지만 그런 얼굴을 잊을 수는 없는 법이다. 차림새가 그날에 비해 수수한데도 옥 같은 아름다움은 조금도 빛이 바래지 않았다.

윤은 혀를 깨물고 싶은 심정이었다. 하필이면 여인의 옷을 입고 있던 윤을 만난 사람이 창의 스승이라니! 그날 왠지 윤을 유심히 본다 싶었는데 제자인 창과 얼굴이 똑같아서 그랬던 것이다. 윤은 속으로 창에게 이를 갈았다. '학식이 높고 제자들에게 자애롭다.' 하면 나이 지긋한 학자인 줄 알지 눈앞의 젊디젊은 절세 미남을 일컫는 줄 누가 알겠는가.

"창아, 이 개구진 녀석. 오늘은 스승을 유생 취급하냐? 아무리 너보다 몇 살 안 먹은 스승도 스승인데 이렇게 놀리면 못쓴다."

뜻밖에도 그의 입에서 이런 말들이 흘러나왔다. 윤을 알아보지 못한 걸까? 창은 여기서도 장난질이 심한 듯하고, 날마다 보는 사람이 똑같을 얼굴을 한 다른 사람이라고 생각하기는 쉽지 않을 터이다. 장난으로 여기는 듯하니 참으로 다행이다 싶었다.

"용서하십시오, 스승님. 날이 너무 좋아 그만……."

윤이 머리를 조아리자 그는 부드럽게 웃었다. 웃음소리조차 옥쟁반에 구슬 굴러가듯 듣기 좋았다.

"한창 혈기 왕성할 나이지. 괜찮다."

그는 윤에게 고개를 숙여 귓속말을 했다.

"실은 나도 궁에 들어가면 왕과 대소 신료들 앞에서 슬그머니 장난을 치고 싶어진단다. 잔뜩 거드름을 피우는 분위기를 도무지 참을 수가 없거든."

그러곤 앞장서서 월상루 앞에 모인 유생들에게 성큼성큼 걸어갔다. 어딘가 종잡을 수 없는 사람이란 생각이 들었다. 저렇게 젊은데 국학 박사면서 궁에도 드나드는 높은 사람이라니 놀라웠다. 창에게 겸교관이라 들었는데, 겸교관이란 관직에 있으면서 학식이 높아 국학 박사로 추대된 사람을 말하니 별도의 관직이 있을지도 몰랐다.

비월지가 있는 후원은 아름다운 수목에 에워싸여 고즈넉했다. 비월지의 월상루 또한 고아한 맛이 일품이었다.

"이런 날 강경은 잔인한 듯하네. 오늘의 시제를 줄 터이니 그에 걸맞은 시를 읊으며 노세나. 일각이 여삼추라 바로 시를 읊지 못하는 유생은 벌칙대로 유배를 보낼 것이네."

스승의 말에 모두 껄껄대고 웃었다.

"술상은 이미 월상루에 봐 놓으라 했네. 자 올라들 가세나."

젊어서 그런가 참으로 자유분방한 스승이란 생각이 들었다. 윤은 해덕에게 귓속말로 이런 일로 무슨 유배냐고 물었다. 해덕이 윤의 귀에 대고 속삭였다.

"진짜 유배가 아니고, 연못 한가운데 저 작은 섬에 배를 태워 보낸다는 뜻이야."

비월지 한가운데 소나무 한 그루가 덩그러니 있는 작고 동그란 섬이 보였다. 오늘같이 화창한 날 거기 한 식경만 앉아 있어도 햇볕에 알맞게 구워질 터였다.

모두 월상루에 올라앉은 가운데 스승이 눈을 가늘게 뜨고 주위를 둘러보다가 윤에게 눈길이 멎었다.

"오늘의 시제는 '나'로 하세. 내가 누군지 알지 못하고야 어떻게 세상을 알겠는가."

장난기 가득한 미소를 띠며 말하는데 윤은 왠지 마음이 찜찜했다. 자격지심일까. 유독 윤을 보며 말을 하는 것 같았다.

"나, 김홍렴이 먼저 운을 떼겠네."

스승이 편안한 자세로 앉아 비단 부채를 펼치며 말했다.

달팽이 뿔 위에서 무엇을 다투는가
부싯돌 번쩍하듯 찰나에 사는 몸
풍족하나 부족하나 그대로 즐겁거늘
하하 크게 웃지 않으면 그대는 바보라네.*

나이 많은 유생이 앞에 놓인 다탁에서 술병을 들어 빈 잔에 따르니 스승은 거침없이 들이켰다. 그 술을 윤이 마신 듯 머리가 띵했다.

홍렴이라고? 이제야 생각났다. 홍렴이라면 향아가 어릴 때부

*당나라 시인 백거이 시, 〈대주〉

터 이웃으로 자라 남매처럼 가깝다던 사람이 아닌가. 창의 스승이고 향아와는 절친한 사이라니. 윤은 어질거리는 이마를 짚었다. 뭐가 이렇게 얽히고설키는지. 윤은 정신을 똑바로 차려야겠다고 마음을 다졌다.

또 몇 사람이 시를 읊었고 권커니 받거니 술이 한 순배 도니 꽃향기와 술내가 어지러이 뒤섞였다.

"창아, 이번엔 네 차례다. 미소년이 시를 읊으면 술맛이 더욱 좋으리니."

윤은 당황하여 얼굴이 빨개지는 걸 느꼈다. 윤은 강경이나 암송을 잘했지만 첫날이라 모든 게 낯선데다 마음이 어지러워 아무것도 떠오르지 않았다. 그런 윤을 보는 해덕이 안절부절못했다.

나이 지긋한 유생이 친히 윤을 일으켜 배로 데려가려 했다. 윤은 가련한 표정으로 해덕을 바라보았다. 해덕은 있는 용기 없는 용기 다 끄집어내어 갓 입학한 유생이라 배움이 짧으니 한 번만 봐주길 스승에게 청했다.

"나도 이 땡볕에 창을 유배 보내는 건 마음이 아프나, 벌칙은 벌칙이다. 예외를 두면 기강이 흐트러지니 어쩔 수 없구나."

웃으며 말하니 더욱 얄미웠다. 기강은 무슨 기강. 수업 시간에 술이나 마시는 게 기강이냐고 따지고 싶었으나 윤은 꿀 먹은 벙어리가 되어 배로 끌려갔다. 윤을 비월지 섬에 내려놓은 배는 매정하게 노를 저어 가버렸다. 윤은 그늘이라곤 없는 소나무 아래 털썩 주저앉아 떠들썩한 월상루를 처량하게 바라보았다.

곧 머리꼭지가 뜨끈뜨끈해졌다. 국학에서 맞은 첫 수업이 뭐 이래. 윤은 어이도 없고 괜히 오기도 생겼다. 윤은 일어나 못을 돌아보았다. 물은 짙은 암록색이었다. 못 둘레를 찬찬히 살핀 윤은 갑자기 못에 풍덩 뛰어들었다.

"아니! 저……."

사람들이 깜짝 놀라 소리를 질렀다. 해덕이 허둥지둥 신을 꿰신고 못으로 달려갔다. 홍렴과 유생들도 몸을 일으켜 월상루에서 내려섰다.

윤이 헤엄을 치지 않고 걸어서 못을 건너고 있었던 것이다. 연못 물은 윤의 가슴께 정도밖에 오지 않았다. 홍렴은 팔짱을 낀 채 느긋한 미소를 띠고 윤을 바라보고 있었다.

윤이 못가로 와 돌을 밟고 기어오르자 해덕이 안절부절못하며 윤의 손을 잡아주었다.

"어이구, 왜 첫날부터 말썽이니?"

"더워 죽겠는데 어쩌란 말야."

윤은 퉁명스레 대꾸하곤 물을 뚝뚝 흘리며 좌중을 둘러보았다. 몇몇은 휘둥그레진 눈으로, 몇몇은 황당해하는 표정으로 윤을 보고 있었다. 윤은 홍렴 앞으로 가 말했다.

"제가 비월지를 둘러보니 물이 빠져나가는 수로는 있는데 들어오는 물길은 찾을 수 없었습니다. 해서 샘이 못의 근원임을 알았습니다. 지난겨울부터 내내 가물었으니 물이 깊지 않을 거라 생각했습니다."

홍렴이 싱글거리며 윤에게 물었다.

"그래서 시는?"

윤은 차분하고 낭랑하게 시구를 읊었다.

> 근원 있는 물은 샘솟아 올라 밤낮 쉬지 않고 흘러
> 웅덩이를 채우고 바다까지 흘러간다.*

윤이 홍렴을 똑바로 보며 말을 이었다.

"어질고 곧은 마음이 이와 같으니 세상을 널리 이롭게 하는 사람이 되라 아버지께서 말씀하셨습니다."

윤을 보는 홍렴의 입가에 희미한 미소가 떠올랐다. 홍렴은 좌중을 둘러보며 소리 높여 말했다.

"수업은 이만 마치겠다. 창이 너는 고뿔이 걸리면 안 되니 나와 함께 약방에 가자."

"예? 아, 아니, 저는 괜찮습니다!"

*맹자 〈이루 하. 18장〉

홍렴은 윤의 말을 들은 척도 않고 손목을 잡고 걸어갔다. 유생들이 웅성댔지만 신경도 안 쓰는 듯했다. 윤은 자포자기하여 그저 해덕이 오늘 일을 창에게 그대로 고하지만 않기를 빌었다.

홍렴은 비월지 앞의 보경각으로 윤을 데리고 들어갔다. 윤은 어리둥절했다. 약방으로 간다더니 웬 보경각인가. 귀한 책들이 서가에 가득한 서고의 계단을 오르니 교각으로 연결된 또 다른 전각이 있었다. 전각 안엔 큰 방이 있었는데 방을 장식한 가구와 소품들이 화려하면서도 고상해서 주인의 취향이 엿보였다.

"내가 주로 거하는 곳이다. 나의 은신처라 할 수 있지."

홍렴이 누군가를 부르자 무장한 젊은 남자가 어디선가 나타나 윤은 깜짝 놀랐다. 흔히 그림자 무사라 부르는 호위인가 보았다.

"사복아, 이 아일 데려가 갈아입을 옷을 주어라."

"저는 괜찮습니다! 시원하고 좋습니다!"

윤이 손사래를 치며 사양했으나 사복은 아랑곳 않고 옷이 가득 걸린 다른 방으로 윤을 데려갔다.

"원하는 옷으로 골라 입으십시오."

사복은 윤을 남겨둔 채 나가버렸다. 윤은 긴장이 풀려 바닥에 주저앉았다. 하루가 무척 긴 느낌이 들었다. 윤은 넋을 놓고 앉았다가 걸린 옷들을 둘러보았다. 홍렴의 취향인 듯 하나같이 화려했다. 윤은 가장 수수한 옷을 골라입었다. 비단이 얼마나 윤기 흐르고 부들부들한지 몸과 마음이 녹아드는 듯하였다. 윤은 머리를 빗어 단정히 올려 묶고 거울 앞에 서보았다. 윤은 키만 훌쩍 컸지 몸이 밋밋하여 누가 봐도 한창 자라는 사내아이일 뿐이었다. 홍렴의 방으로 돌아가니 그새 탁자에 구운 고기와 야채볶음과 차가 먹음직스럽게 놓여 있었다.

책을 읽던 홍렴이 눈을 들어 윤을 보더니 말했다.

"배가 고플 테니 먹어라."

그렇지 않아도 배고프던 윤은 그래도 스승 앞이란 생각에 예의를 차리며 얌전히 앉았다.

"스승님, 감사드립니다. 옷은 내일 돌려드리겠습니다."

"앞으론 더 조심하도록 해라."

"네?"

"사람들 앞에서 물에 뛰어들지 말란 뜻이다."

'저를 그늘 한 점 없는 섬으로 유배 보낸 사람은 바로 당신이 아닙니까?'

윤은 아랫입술을 내밀고 원망스런 눈으로 홍렴을 훔쳐보았다. 홍렴의 입 끝이 웃음을 참는 것처럼 실그러졌다. 얄미울 때도 대단히 아름답구나 생각하면서 윤은 고기를 아귀아귀 뜯기 시작했다.

❀

수업을 끝낸 윤이 해덕과 명학당을 나서는데 조교가 오더니 스승님이 부르니 보경각에 가보라고 했다.

"저를 왜요?"

"낸들 아냐. 가보면 알 일이지."

조교는 눈을 흘기며 가버렸다. 윤이 왜 오라가라냐며 투덜대자 해덕이 속삭였다.

"윤아, 홍렴 스승님은 스승과 제자로 만나지 않았으면 감히 우리가 그림자도 못 밟을 사람이야."

"그게 무슨 말이야?"

"왕께서 후사가 없다면 다음 왕좌는 바로 홍렴 스승님의 것이란 말이다. 왕후님의 남동생이고, 실세인 상대등이 숙부고, 무엇보다 왕께서 총애하신단다."

"그런 사람이 국학에서 왜 이러고 있대?"

"물정 모르는 소리 말아라. 왕의 손발이나 다름없는 집사부 시중 양상과 조정의 실세인 상대등은 사이가 안 좋아. 양쪽 다 적으로 돌려도 안 되지만 어느 한쪽 편으로 기울면 다른 쪽이 홍렴 스승님을 가만두겠니? 그 자리가 보통 어려운 자리가 아니다 이 말이야. 왕이 되기 전까진 몸을 바짝 낮추고 있을 필요가 있는 거야."

해덕은 세상 돌아가는 일에 밝은 부모님에게 들은 이야기를 조잘댔다. 윤은 입술을 비죽거리며 터덜터덜 보경각으로 갔다.

홍렴은 보경각 안쪽 자기 방에서 책을 읽고 있었는데 오늘은 자색 단령포를 입어 사뭇 다른 사람이었다.

'저것은 관복이 아닌가. 궁에 들어가려나?'

홍렴이 고개를 들어 윤을 보더니 물었다.

"힘이 세냐?"

"예? 약, 약하진 않습니다."

홍렴은 고개를 끄덕이더니 책상 한쪽에 놓여 있던 책 몇 권을 앞으로 밀었다.

"궁에 들어간다. 너는 이 책들을 들고 따라오너라. 왕께 드려야 할 책이다. 왕께선 책을 무척 사랑하시지."

윤은 놀라 입을 벌렸다. 유생에 불과한 자기를 데리고 입궁한다고? 정말로 홍렴은 종잡을 수 없는 사람이었다.

윤이 책을 품에 안고 홍렴 뒤를 줄레줄레 따라나서니 보경각 앞에 이 인승 가마가 대기하고 있었다. 윤은 한숨을 폭 쉬고 홍렴을 따라 가마에 올랐다. 오늘 하루도 몹시 길 것 같은 불길한 예감이 들었다.

가마가 도착한 곳은 본궁인 월성이 아니라 국학에서 엎어지면 코 닿을 거리인 동궁이었다. 동궁에 있는 월지는 무산 열두 개 봉우리를 본따 봉애, 방장, 영주를 뜻하는 세 개의 섬을 인공적으로 만들었다. 온갖 희귀한 꽃나무와 새와 짐승이 있는 작은 무릉도원이었다. 임해전 이 층 누각에서 풍악이 울려퍼졌다. 윤은 임금님과 대소 신료 앞에 나선다는 생각에 가슴이 조마조마했다. 책 세 권을 품에 꼭 안았다.

그때 임해전 쪽에서 누군가 관복을 펄럭이며 허위허위 달려왔다.

"화주 오셨소이까?"

그 사람이 양손으로 무릎을 짚고 숨을 헉헉대며 홍렴에게 말했다.

키가 작고 뚱뚱한 데다 등이 약간 굽은 것이 일어선 거북이를 닮은 사람이었다. 머리는 허옇게 셌는데 혈색은 환한 분홍빛이고, 생선을 닮은 눈, 동그란 자갈을 얹어 놓은 듯한 코, 불그죽죽하고 두꺼운 입술이 한번 보면 잊기 힘든 얼굴이었다.

"시중, 무릎에 나쁘니 뛰지 마십시오."

홍렴이 부축이라도 할 듯 손을 내밀며 부드럽게 말했다.

집사부의 수장인 시중 양상이었다. 왕의 최측근으로 진골이긴 하나 한미한 집안 출신으로, 왕의 아버지 대부터 가신이어서 왕이 가장 믿고 의지하는 이였다. 왕을 위해서라면 제 간과 쓸개도 삶아 먹일 사람이라고들 했다. 수족처럼 모시던 왕이 끌어주면서 정치적 입지를 차곡차곡 쌓아 집사부 수장까지 오르게 되었다. 상대등과 그를 따르는 고위 관료들은 양상을 무시했지만 양상이 워낙 사람을 살뜰히 챙겨 궁 안에 자기 사람이 점점 늘어났다.

윤은 양상의 입을 통해 홍렴의 관직명을 알게 되었다. 화주는 말 그대로 화랑의 우두머리이다. 삼국전쟁 시기가 아닌지라 전쟁을 이끌 일은 없다 해도 명문자제들로 이루어진 화랑 집단을 통솔하는 권한과 문무백관에 대한 독립적인 감찰권을 지닌 지위이니 왕의 후계자에게 딱 어울리는 직함이 아닐 수 없었다. 윤은 눈앞의 스승이 자신과는 얼마나 다른 세계에 속한 사람인지 새삼 깨달았다.

"화주, 폐하께서 날로 쇠약해지셔서 걱정입니다. 오늘도 상대등이 이런저런 말로 폐하의 심기를 건드리니 차츰 안색이 하얗게 질리시는데 이 늙은이 마음이 불안하기 짝이 없소이다."

나이 지긋한 어른이 손주뻘의 청년에게 하소연하는 모습이 애처롭기까지 했다. 상대등이라면…… 윤의 외할아버지와 피비린내 나는 싸움을 벌였던 금성 붙박이 진골들의 우두머리 아닌가. 지금의 왕을 세운 것도 그 사람, 이찬 김흔정인데 왜 왕을 괴롭힌단 말인가. 그저 자신의 힘을 과시하기 위해서?

"이찬이 그러는 것이 어디 하루 이틀 일입니까. 폐하는 제가 기회를 보아 모시고 나오겠습니다."

양 시중은 나지막이 탄식하며 읊조렸다.

"근자 들어 상대등의 오만방자함이 도를 넘고 있소. 그 독사 같은 자가 역심을 품었을까 두렵소이다."

"그럴 리야 있겠습니까? 조금 더 두고보십시다. 아직은 이 홍렴이 제 손아귀에 있다고 믿게 두는 편이 낫지요. 너무 심려 마십시오."

홍렴은 익숙하게 시중을 달랜 뒤 임해전 누각의 계단을 올랐다. 윤은 홍렴의 관복 자락에 바짝 붙어 올라갔다.

누마루는 딴 세상이었다. 무희들이 악사의 반주에 맞추어 춤을 출 때마다 붉고 푸른 치맛자락이 꽃처럼 피어나고 사방을 에두른 상은 산해진미가 그득했다. 이미 얼굴이 불콰한 대소 신료들은 왕 앞임도 잊은 듯 잔뜩 흐트러져 있었다.

한가운데 병약한 인상을 풍기는 중년의 왕이 앉아 있었다. 입은 웃고 있으나 눈은 지치고 불안해 보였다. 지금 홍렴과 비슷한 나이에 상대등에 의해 윤의 외할아버지 김의승을 제치고 왕이 된 사람이다. 자신의 힘으로 오른 자리가 아니라 그런가, 편안하고 즐거운 기색이라곤 없는데 그 많은 신하들 가운데 왕의 심경을 헤아리는 자가 단 한 사람도 안 보였다.

윤의 눈길은 왕의 왼쪽에 앉은 신하에게로 옮겨갔다. 윤은 그자가 상대등인 이찬 김흔정이란 걸 직감했다.

머리통도 이목구비도 손도 다른 사람들의 두 배는 되는 듯 컸다. 구운 꿩을 통째로 뜯는데 꿩이 참새처럼 보일 지경이었다.

무성한 수염 속에서 크고 각진 이빨들이 창처럼 번쩍였다. 왕의 불편한 안색과 상대등의 오만한 얼굴이 선명한 대조를 이루었다. 윤은 첫눈에 상대등이 싫었다.

홍렴을 발견한 왕의 얼굴에 화색이 돌았다. 왕이 홍렴을 향해 미소 짓는 걸 본 상대등이 우렁차게 외쳤다.

"화주! 어서 오시오! 오늘은 웬일로 죽림을 벗어나 몸소 주지육림에 왕림하셨소?"

말투는 호방하나 죽림이니, 주지육림이니 하는 말속에 왠지 가시가 돋은 듯했다.

"이찬, 책을 끼고 있기엔 날이 너무 좋지 않습니까? 비록 책에 찌든 서생이라도 술 향기가 그리운 날이 있는 법입니다. 손수 술 한 잔 내려주시지요."

왕궁 사람들은 다 이런가. 홍렴의 말투에는 상대등을 싫어하는 기색이라곤 찾을 수 없었다. 집안의 어른을 대하는 스스럼없고 살가운 태도가 자못 사이좋아 보이기까지 했다.

이찬은 너털웃음을 터뜨리며 소맷자락을 펄럭여 홍렴을 가까이 오게 했다.

"이리 오시오. 화주는 지금도 앞으로도 책과 술 향기에 젖어 지내시구려. 골치 아픈 정치는 여기 재주 없는 늙은이들에게 맡기고."

홍렴은 미소 띤 얼굴로 공손히 술잔을 내밀었다. 상대등은 술병을 들어 홍렴의 잔에 술을 따랐다. 그런 둘을 가만히 주시하던 윤은 보고 말았다. 술잔을 가득 채운 술이 이내 넘쳐 홍렴의 손가락을 적시며 상으로 떨어지는 것을. 상대등을 보니 이미 알고 있는 듯 웃고 있었다. 뱀처럼 냉혹한 눈이었다. 윤은 오싹 한기가 들었다.

창백한 얼굴로 둘을 응시하던 왕이 문득 윤을 가리키며 홍렴에게 물었다.

"홍렴, 저 아이 손에 든 게 무엇이냐."

좌중의 시선이 윤을 향하는 바람에 윤은 몸 둘 바를 몰랐다. 홍렴이 왕을 향해 부드럽게 대답했다.

"폐하, 역관 박재승이 당에 다녀오면서 가져온 귀한 책이옵니다. 이제야 필사를 다해 달려왔습니다."

"그러하냐? 기특하다. 내, 상을 내리겠다. 편전으로 가자."

왕은 비틀거리며 일어섰다. 취한 듯 제대로 몸을 가누지 못해 뒤에 섰던 시녀들이 얼른 부축했다. 상대등이 소리쳤다.

"화주, 막 왔는데 벌써 가는 것이요? 좀 더 놀다 가지 않고!"

"저도 그러고 싶으나 폐하께서 좀 쉬셔야 할 듯합니다. 다음을 기약하지요."

홍렴이 공손히 대답했다. 상대등이 입 끝을 실그러뜨리며 웃었다.

"알았소. 내 언제 집으로 화주를 초대하리다. 편안히 술잔을 주고받읍시다. 어떻소?"

"기꺼이 달려가겠습니다."

시녀의 부축을 받으며 왕이, 그 뒤를 홍렴이, 그리고 윤이 따랐다. 밑에서 서성이던 시중 양상이 얼른 왕을 부축했다.

"침전으로 가자."

왕이 언제 비틀거렸냐는 듯 반듯하게 몸을 펴며 나직이 말했다. 양상이 이미 가마를 대령해놓아서 왕은 가마에 올라타고 나머지는 걸어서 침전으로 향했다. 동궁의 침전은 편전 뒤편에 있었는데 아담하고 조용했다.

침전으로 들어선 왕은 비단 이불이 깔린 넓은 침상에 비스듬히 기대 누웠다. 홍렴이 왕의 곁에 앉아 두 손으로 왕의 손을 감쌌다. 왕이 눈을 감은 채로 다른 손을 들어 홍렴의 손등을 토닥였다. 윤은 두 사람의 각별한 모습에 놀랐다.

시녀가 세숫물을 내어오자 양 시중은 수건을 적셔 왕의 얼굴과 손을 찬찬히 닦았다. 그 모습이 주인을 보살피는 늙은 유모 같기도 했다.

"요즘 잠을 잘 이루지 못한다…… 비마란타는 아니 오는 것이냐?"

왕이 눈을 감은 채 중얼거렸다. 윤은 뜻밖의 이름에 놀라서 왕을 바라보았다. 양상이 곤혹스러운 표정으로 대답했다.

"전령을 몇 번 보내었으나……."

"아니 온다는 것이냐?"

"송구하옵니다."

양상의 목소리가 격해졌다.

"병사라도 보내어 불러들이리까?"

왕이 가는 손을 힘없이 내저었다.

"내버려 두어라. 마음 내키면 오겠지……."

윤은 가슴을 지그시 눌렀다. 이해심 많은 왕에게 감사의 마음이 일었으나 권력자들은 변덕스럽다 들었다. 혹여 왕이 잠 못 이루는 밤에 지친 나머지 거친 생각을 하면 어쩔 것이며, 왕을 위해서라면 무엇이든 할 것 같은 양상에게 밉보여 좋을 것은 무엇인가. 윤은 걱정되어 돌아가는 길에 꼭 비마란타 스님에게 들러야겠다고 마음먹었다.

"비마란타를 부르러 다시 사람을 보내겠습니다. 마음을 편히 하소서."

"그래. 하미과를 내오너라."

양상이 시녀에게 눈짓하자 밖으로 나간 시녀가 처음 보는 과일을 담은 바구니를 들고왔다. 큰 새의 알처럼 생긴 과일들이었다.

왕은 한결 밝아진 얼굴로 홍렴을 정답게 바라보았다.

"서역에서 가져온 것이다. 홍렴, 너를 주려고 두었다. 가져가거라."

홍렴은 감사를 표하고 시녀에게 과일 하나를 깎게 하였다. 시녀가 곧 삼채 접시에 곱게 깎은 과일을 내어놓았다. 달콤하고 시원한 향기가 방 안에 가득 찼다. 홍렴은 과일 한 쪽을 왕의 입에 넣어주었다. 왕은 입을 벌려 과일을 받아먹었다. 낯빛이 편안해진 왕은 자신도 과일을 찍어 홍렴에게 건넸다. 홍렴은 사양의 말없이 과일을 받아먹었다. 둘 사이엔 예법에 얽매인 말이 조금도 오가지 않았다. 과일을 먹는 홍렴을 다정하게 바라보던 왕이 윤을 보며 손을 내밀었다.

"책을 이리 다오."

윤이 무릎걸음으로 다가가 왕에게 책을 내밀자 홍렴이 대신 받아 서안에 내려놓았다.

"소신이 읽어 드리겠습니다."

왕이 고개를 끄덕이더니 베개를 베고 눈을 감았다. 홍렴은 책을 읽기 시작했다. 서로 사랑하는 두 사람의 애틋한 이야기였다. 담담히 읽어 나가는데도 한 폭의 그림처럼 깊은 사랑이 생생히 그려져서 윤은 저도 모르게 귀 기울여 듣고 있었다.

왕의 입가에 행복한 미소가 떠올랐다.

왕이 잠들자 홍렴과 윤은 침전에서 물러나왔다. 둘을 배웅하던 양상이 누군가를 발견한 듯 새된 목소리로 불렀다.

"최 현령! 마침 잘 만났소이다!"

최 현령? 윤은 양상의 눈길이 향한 곳을 보았다. 어딘가로 바쁘게 가던 해덕의 아버지 최두식 현령이 화들짝 놀란 낯으로 다급하게 걸어왔다. 조세의 보고 때문에 입궁한 모양이었다. 윤은 홍렴 뒤로 몸을 숨기고 고개를 숙였다. 그러지 않아도 최 현령은 양상의 격노에 쩔쩔매느라 윤을 발견할 정신도 없는 듯했다.

"비마란타 그자가 폐하께서 부르시는데 감히 오질 않아? 폐하께서 귀애하시니 눈에 뵈는 게 없는 거요? 대답해 보시오!"

최 현령은 얼굴이 사색이 되어 입술을 떨었다. 설치수와 함께 모화리의 두 꺽다리라고 불렸을 정도로 키가 큰 편인데 양 시중 앞에선 거의 허리가 반으로 접혀 있다시피 했다. 비마란타와는 오래전 당나라에서의 인연으로 입궁할 때마다 양상의 신경질에 시달리는 모양이었다. 비마란타 스님의 성품이 반듯하고 고독하여 화려한 궁을 피하는 것이 최 현령의 죄는 아닐 텐데 화풀이의 대상이 되니 안된 일이라고 윤은 생각했다.

"시중 나리, 소신이 어제도 들렀으나 절에 없다 하더이다. 워낙에 비마란타 스님이 바람처럼, 구름처럼 훌쩍 떠났다가 소리 없이 돌아오니 만나질 못 하는데 전들 어찌하리까."

"닥치시오! 백성된 도리로 폐하의 괴로움을 외면할 수 있는 것이오? 저러다 몸져눕기라도 하시면 그냥 넘어가지 않을 것이라 전하시오!"

양상의 분노에 최 현령은 머리만 조아렸다. 평소 거만한 최 현령이 당하는 걸 보니 좀 고소하기도 하련만 비마란타 스님도 엮여 있는 일이니 윤의 마음이 편하지 않았다. 윤은 어서 궁에서 나가 비마란타 스님에게 달려가고 싶었다. 하지만 홍렴은 무언가 생각에 잠기는가 싶더니 시종을 불러 가마를 대령하게 했다.

"자선궁으로 간다."

"네? 자선궁이요? 돌아가시는 게 아니고요?"

윤이 화들짝 놀라 물었다. 자선궁은 왕후의 궁이고, 왕후의 궁은 정궁인 월성에 있다.

윤이 '높은 사람 따라다니는 처지란 이런 것이군.' 하고 한탄하다 보니 가마에서 내려 자선궁이 있는 월성의 후원에 들어서고 있었다.

자선궁이 들어앉은 원림은 기암괴석이 미로를 이루고 등나무 정자에선 향기가 진동했다. 자선궁 전각 앞을 가로지르는 수로에는 돌로 만든 아름다운 구름다리가 걸려 있었다. 시녀들의 안내를 받아 내실로 들어가니 홍렴을 꼭 닮은 여인이 긴 의자에 누워 있다가 몸을 일으켰다.

이목구비는 홍렴과 흡사한데 눈꼬리에 흰 가루를 바르고 미간과 볼에는 화전을 붙여 요염하고도 가련했다. 과연 세상이 칭송할 만한 미모였다. 윤은 왕후가 왕에 비해 너무 젊은 것에 놀랐다. 홍렴보다 고작 몇 살 많아 보였던 것이다.

"이게 누구냐. 내 아우 홍렴이 아니냐?"

왕후가 눈짓하자 시녀가 들어가 오색 유리병과 술잔 둘을 들고 왔다.

"앉아라. 한잔하자꾸나. 저 아인 누구냐?"

"국학의 제자입니다."

"그걸 누가 모르느냐? 네가 제자를 궁까지 데려온 게 처음이니 묻는 것 아니냐?"

왕후가 윤을 찬찬히 훑어보았다. 윤은 시선을 어디로 둘지 몰라 고개를 숙였다.

"귀엽구나. 내게 주렴."

윤은 깜짝 놀라 홍렴을 보았다. 홍렴이 피식 웃으며 대꾸했다.

"누님에겐 자선궁을 띠처럼 두르고도 남을 미소년들이 있지 않습니까?"

왕후가 요염하게 웃더니 술잔을 들어 단숨에 들이켰다.

"난 어릴 때부터 네 것을 빼앗아 갖고 놀았지. 너는 한 번도 싫은 소리를 한 적이 없었고. 그래서 폐하가 너를 사랑하는 줄 알면서 빼앗았지. 빼앗으면 내 것이 될 줄 알았더니 이렇게 고독한 처지가 될 줄이야."

왕후가 동생을 차갑게 쏘아보았다.

"폐하를 뵙고 오는 길이냐? 폐하께선 무탈하시고?"

"저도 오랜만에 입궁한 것입니다."

"흥. 나는 답청제 이후로 폐하를 못 뵈었다."

남매 사이에 냉랭한 침묵이 고였다. 윤은 조마조마한 마음으로 둘을 훔쳐보았다.

'궁이란 게 이렇게 숨 막히는 곳이었나. 외할아버지가 왕이 안 되어서 정말 다행이지 뭐야.'

"상대등이 네 걱정을 하더구나. 더 이상 오라면 오고 가라면 가던 고분고분한 아이가 아닌 듯하다고. 폐하의 총애를 믿고 경거망동할 아이는 아니라고 말해주었다. 이 누이가 너를 얼마나 아끼는지 알겠느냐?"

홍렴의 눈에 냉소가 어렸다.

"이찬이 제 걱정을 해주다니 눈물이 앞을 가립니다. 허나 누님, 상대등을 너무 믿지 마십시오. 누구도 믿어선 안 되는 곳이 궁임을 저보다 잘 아시지 않습니까?"

왕후는 웃으며 잔에 술을 가득 따라 또 단숨에 들이켰다.

"아무도 믿지 않고야 어찌 산단 말이니. 이찬은 폐하와는 달리 나에게 빠져 있단다. 걱정 말아라."

홍렴의 얼굴이 차갑게 굳었다.

"돌아가서 쉬어야겠습니다. 누님도 옥체가 상하지 않도록 술을 멀리 하소서."

일어나 돌아서는데 왕후의 낮고 또렷한 목소리가 공기를 갈랐다.

"아이를 가졌다."

홍렴이 발걸음을 뚝 멈추었다. 하얀 목에 핏줄이 불거져오르는 게 보였다.

"왕의 비나 왕의 누이보단 왕의 어미가 되는 것이 더 낫지 않겠냐고 누가 그러더구나. 어린 왕의 어미라면 실상 섭정을 해야 하니 왕과 다름없지 않겠느냐. 무얼 가지고 놀아도 지루하기만 하니 나라를 들어 놀아볼까 싶기도 한데 네 생각은 어떠하니?"

궁 밖으로 나온 홍렴의 눈빛이 얼어붙은 듯 딱딱했다. 큰 충격을 받은 듯했다.

"근자 상대등이 저리 구는 데는 이유가 있었구나……."

윤이 처음 보는 낯선 표정으로 홍렴이 뱉듯이 말했다. 일전을 앞둔 맹수나 사냥꾼의 눈빛이었다.

윤은 오늘 보고 들은 일들을 되새김질했다. 홍렴은 후사가 없는 왕실의 가장 유력한 후계자이다. 금성의 파벌들은 자타가 이를 공인함으로써 평화를 유지해왔다. 홍렴은 왕의 총애를 받고 있고, 누이는 왕후고, 실세인 상대등은 종친이다. 상대등을 싫어하는 왕의 최측근인 시중도 홍렴을 의지한다. 살얼음판 같은 정쟁의 한가운데서 허허실실 백면서생 홍렴은 만만해서 모두의 입에 맞았다. 그런데 왕후가 임신했다면 이야기가 달라진다. 게다가 그 아이가……. 윤은 차마 입에 담기도 불경스러워 눈을 질끈 감았다. 홍렴은 왜 자신을 궁에 데려왔을까.

"놀랐느냐?"

눈을 뜨니 홍렴이 미소 띤 얼굴로 윤을 보고 있었다. 좀 전의 낯선 눈빛은 사라지고 윤이 아는 홍렴의 표정으로 돌아가 있었다. 윤은 가만히 고개를 끄덕였다.

"그게 궁이다. 내가 스무 해를 살아남은 곳이지."

윤의 눈빛을 보고 홍렴이 웃음을 터뜨렸다.

"그렇게 볼 거 없다. 난 저들이 생각하는 사람이 아니니."

홍렴이 사복을 불렀다.

"가마를 대령해라. 집으로 가겠다. 그리고 상대등을 면밀히 살펴라. 사람을 붙여 사병의 규모를 키우고 있는지, 훈련 장소는 어딘지 알아내라. 드나드는 자들도 더욱 세심히 뒤를 캐보아라."

"알겠습니다."

"조만간 화랑단의 열병식을 열자. 힘을 보여줄 필요가 있겠다."

"차질 없도록 준비하겠습니다. 그동안 열심히 훈련한 성과를 보여드리겠습니다."

가마가 향한 곳은 월성 언덕 아래 관아 거리 뒤편에 있는 집이었다. 앞으로는 잔잔한 남천이 흐르고 꽃담이 어여쁜 집이었다.

"내가 혼자 사는 집이다. 혹 내 도움이 필요하면 언제든 찾아오너라."

홍렴은 마부를 불러 윤이 원하는 곳까지 잘 데려다주라고 이른 후 윤의 손에 하미과 바구니를 들려주었다.

"하미과는 네가 가져가거라. 오늘 나를 따라다닌 대가다."

❀

하미과는 서역에서 나는 것이라 신라에선 아주 귀한 과일이다. 왕께 진상된 것을 홍렴에게 상으로 내린 것인데, 궁에 데려간 것도 모자라 자신의 집까지 알려주고 하미과를 주다니, 윤은 좋기도 하고 어리둥절하기도 했다.

하미과는 잘라 놓으면 향기가 물씬 풍기는 다디단 과일이지만, 껍질이 단단해 겉만 보아선 맛을 짐작하기 어렵다. 이처럼 겉만 보아선 속을 짐작키 어려운 사람이 있는데 홍렴이 그랬다. 국학에서 마주하는 유유자적 젊은 스승의 모습은 홍렴의 일부일 뿐이었다. 자선궁에서 나왔을 때 홍렴의 눈빛은 임해전에서 본 상대등의 눈빛과 닮아보였다. 홍렴은 왕보다는 상대등과 더 닮은 사람인지도 모른다.

여하튼 하미과를 가져가면 비마란타 스님도 분명 좋아할 터이다. 고향에선 흔한 과일이지만 오랫동안 먹지 못했을 테니. 윤은 하미과 바구니를 꼭 잡고 황룡사의 남문을 두드렸다.

비마란타 스님이 일러두었는지 남문의 문지기는 윤의 이름을 듣자 바로 들여보내 주었다.

대숲 사잇길 끝에 동글동글한 돌계단을 오르니 비마란타 스님이 나무 아래 탁자에 앉아 조각도로 나무토막을 깎고 있었다. 스님은 깊이 몰두하여 윤이 온 것도 몰랐다.

스님이 깎는 것은 아직 형체가 제대로 나오지 않았지만 나무 사자가 틀림없었다. 연등제 때 스님의 책상에서 보았던 퉁방울 같은 눈과 구불구불 갈기를 한 나무 사자였다. 본디 스님이 누이에게 깎아준 것인데, 스님이 고향을 떠나올 때 자신을 잊지 말라며 누이가 다시 건넸다고 했다. 윤이 눈독을 들인 걸 마음에 담아두었다가 새로 깎고 있는 것이 분명했다.

"스님! 제게 주시려고 깎으시는 거지요?"

윤이 다가가 불쑥 하미과 바구니를 내밀었다. 비마란타 스님은 놀란 얼굴로 윤을 보았다.

"이것은 하미과가 아닙니까?"

윤은 앉자마자 궁에 갔던 일을 미주알고주알 털어놓았다. 시중 양상이 화를 낸 것도 말했다.

"궁에 사는 이들은 이상해요. 겉만 화려하지 속이 좁고 마음이 독해요. 미움을 사실까 두려웠어요."

비마란타 스님이 조용히 말했다.

"소승이 염려되어 일부러 오셨군요."

윤은 걱정스럽게 고개를 끄덕였다. 스님은 하늘을 바라보며 나직이 말했다.

"소승은 그저 저 구름 같고 바람 같은 존재일 뿐이니, 저를 염려치는 마십시오."

연등제 때 비마란타 스님을 헐뜯던 호족 자제들이 윤의 눈앞을 스쳐갔다.

"저는 스님을 미워하는 사람이 없을 줄 알았어요."

윤의 말에 스님이 쓸쓸히 웃었다.

"수없이 지나간 날들 속에 업을 쌓지 않는 사람은 없습니다. 그 업이 쌓여 오늘이 있는 것입니다."

비마란타 스님의 고즈넉한 나날에도 업이 쌓일 자리가 있을까? 윤은 비마란타 스님을 가만히 바라보았다.

스님은 외국 사람의 얼굴을 하고 있지만, 이 땅의 산하에서 오래 살아선지 외양이 조금도 도드라지지 않았다. 사람들은 스님이 서역 사람인 걸 잊은 듯 대했다. 스님의 말마따나 스님은 바람 같고 구름 같고 물 같은 사람이었다.

비마란타 스님은 부엌으로 들어가 나무 접시와 작은 칼을 가져왔다.

“하미과를 가장 맛있게 먹을 장소로 안내하겠습니다.”

비마란타 스님이 앞장서고 윤이 따라가서 발길을 멈춘 곳은 바로 황룡사 탑이었다.

“여긴 특별한 날이 아니면 올라갈 수 없다 들었는데요.”

윤이 까마득히 높은 탑을 올려다보며 말하자 비마란타 스님이 조금 으스대는 표정으로 대답했다.

“소승에겐 아니지요. 저만 따라오십시오.”

윤은 스님의 아이 같은 모습에 웃으며 뒤를 따랐다. 탑이 어찌나 높은지 계단이 끝이 없었다. 땅에서 멀어질수록 바람 소리가 커졌고 어지러웠다. 마침내 탑 꼭대기에 오르니 아래층과는 달리 사방 기둥과 난간만 있어 탁 트인 풍경과 파란 하늘이 보였다. 윤은 소리 지르며 난간으로 달려갔다.

“와아! 스님, 다 보입니다! 산도 강도 다 보입니다!”

천하가 발아래 보였다. 신라인이라면 누구나 이 탑에 자부심을 느낄 것이다. 스님도 가장 높은 곳에서 더 멀리까지 볼 수 있는 이곳을 사랑하는 듯했다. 스님과 윤은 굽이굽이 펼쳐진 풍경을 즐기며 달고 시원한 하미과를 먹었다.

“신선이 된 것 같아요, 스님.”

“그렇지요?”

“다음에 볼 때는 저 나무 사자를 꼭 완성해서 주셔야 해요?”

"그러지요."

파란 하늘에 흰 구름이 천천히 흘러갔다.

모화리로 돌아오는 길에 숲에서 한 미녀가 나타나 윤을 막아섰다. 깜짝 놀라 살펴보니 연분홍 적삼에 긴 주름치마를 입은 창이었다. 윤은 배를 틀어쥐고 웃었다. 향아는 창에게 바느질을 가르치고, 창은 향아에게 말타기를 가르친다더니 인형놀이까지 하고 노는 줄은 몰랐다. 창은 얼굴이 시뻘게져서는, 반시진이나 숨어서 윤이 오길 기다렸다며 갈아입을 옷을 어서 내놓으라고 성화였다.

"꼴이 그게 뭐야?"

웃음을 겨우 삼키며 묻자 창은 한숨을 폭 쉬었다.

"향아네 집에 갔는데 향아가 불쑥 이 옷을 내밀지 않겠어. '네가 입고 다니는 옷이 편하긴 하겠으나 예쁜 옷을 입은 모습도 보고 싶어서 내 옷 중에서 하나 골랐어. 제발 부탁이니 입어줘. 응?' 이러면서 애틋하게 보는데 나는 향아의 말을 거절할 수가 없었어. 해서 이 치렁치렁한 옷을 입었지. 내 옷은 빨아놓을 테니 내일 가져가라는 거야. 말을 타고 돌아오는데 누가 알아보기라도 할까 봐 얼마나 조마조마하던지!"

계림약방의 비밀

처용이 흑치를 다시 본 것은 단옷날로부터 사흘째 되는 날이었다.

윤이 국학 수업을 마치고 처용과 만나기로 한 찻집은 계림약방 맞은편에 있었다. 계림약방은 약재를 팔고 안채에선 진료도 보는 금성 최고의 약방이자 의원이었다. 처용은 동시에 나오면 꼭 계림약방에 들르곤 했다.

단옷날 소고기를 들고 집에 간 뒤로 모대가 주막에 나오지 않았다. 걱정되어 처용과 동시에서 만나 함께 어리에 가보려 했던 것인데 처용이 번잡한 동시의 길목에서 뜻밖에 흑치를 보았다는 것이다.

"흑치가 동시에? 어떤 모습이었어?"

윤은 시커먼 곰 같은 자가 사람 많은 동시에 있는 모습이 상상이 가지 않았다.

"묵직한 바랑을 메고 있는 것 말곤 산에서 봤을 때랑 별다를 게 없던데? 알다시피 동시에 거지도 거친 왈패도 많아서 별반 눈에 띄지도 않았어."

처용이 대답하며 말을 이었다.

"호기심이 발동해서 몰래 뒤를 밟았지. 고개를 푹 숙이고 빠르게 걷는데 발걸음이 익숙해 보였어. 한데 계림약방으로 쑥 들어가는 거야. 손님들이 드나드는 약방 문이 아니고 안채로 통하는 곁문으로 말이야. 대문이 살짝 열려 있기에 들여다보니 거인 같은 덩치의 문지기가 지키고 있었어. 그렇다면 평소에도 드나들었다는 말이겠지? 약초를 팔러오는 걸까?"

"계림약방은 값비싼 수입산 약재만 쓰는 걸로 유명한데. 그래서 부자와 귀족들이 아니면 엄두도 못 내는걸."

윤이 고개를 갸웃하며 대꾸했다.

"찻집에 올라와서 계속 지켜보았지만 나오지 않은 걸 보니 아직 안에 있는 모양이야."

윤은 처용을 노려보며 따지듯 물었다.

"너 혼자서 산밭에 갔지? 내가 혼자 가선 안 된다 했지?"

처용은 민망한 듯 씩 웃었다.

"너는 국학에 다니느라 바쁘잖아. 네가 나라면 보물창고 같은 산밭에 안 갈 수 있겠어? 연구해 보려고 가끔 들러 몇 포기씩 캐왔어."

"흑치와 또 마주치면 어쩌려고?"

"그때야 기습을 당한 거고. 설마 내가 질 거라 생각하는 건 아니지? 걱정 마. 주로 이른 시간에 갔는데 늘 없었어. 거기 사는 건 아닌 듯해."

윤은 한숨을 쉬었다.

"다음엔 꼭 같이 가자. 유시가 다 돼간다. 어서 모대네 집이나 가자."

그때 길에서 소란이 일었다. 처용과 윤은 아래를 내려다보았다. 계림약방 앞에서 사내들이 누군가를 마구 때리고 짓밟으며 고래고래 소리를 지르고 있었다. "도둑놈!", "관아에 알려라!", "손을 잘라버려!" 거친 말들이 나오는 걸 보니 누군가 도둑질하다 걸린 모양이었다. 금세 구경꾼들이 몰려들어 맞는 자는 보이지도 않았다. 둘은 찻값을 지불하고 아래로 내려갔다.

"어이구, 이러다 죽겠어. 아직 어린아인데. 그만들 하시구려. 관아에서 포졸들이 올 텐데……."

모여든 사람들 속에서 노파의 목소리가 들려왔다. 윤은 왠지 가슴이 철렁했다. 사내의 험악한 목소리가 그 말을 받아쳤다.

"애고 어른이고 절도범은 손을 잘리거나 노비가 되는 거 모르오? 다른 것도 아니고 당나라에서 들여온 위령선을 훔치려 했단 말이오. 그 비싼 것을!"

윤은 에워싼 사람들을 비집고 들어갔다.

"모대야!"

계림약방 앞길에 깔린 보상화 전돌 위에 피로 물든 모대가 웅크리고 있었다.

윤은 주먹질과 발길질하는 사람들을 밀치고 피투성이가 된 모대를 끌어안았다. 처용이 윤과 모대를 막아섰다. 사람들은 처용이 내뿜는 기세에 차마 다가서지 못했다.

"댁들은 누구요? 그 아이와는 무슨 관계고? 곧 이방부에서 나올 거요. 괜히 곤경 치르지 말고 갈 길 가시오."

약방의 점원으로 보이는 사내가 거칠게 말했다. 윤은 모대를 끌어안고 사내를 노려보았다. 가슴속에서 뜨거운 것이 치밀어 올랐다. 모대의 끈적한 손이 윤의 팔을 붙들더니 손에 무언가를 쥐여주었다. 윤은 얼른 옷소매 속에 숨겼다. 모대가 큰 눈을 떠 윤을 보았다.

"모대야."

윤이 모대 얼굴에 묻은 피를 소매로 닦아주며 나직이 불렀다.

"아가씨, 아버지가 아파요. 다리가 아파 일어나질 못해요. 열도 나고 아무것도 못 먹어요. 사람들에게 물어 약방엘 왔어요. 점원이 다리 아픈 것엔 위령선이 최고라는데 너무 비쌌어요."

모대가 흐느껴 울었다.

"그냥 말린 나무뿌리 같은 것이 그리 비싸요? 훔칠 생각도 아니었어요. 정신을 차려보니 제가 그걸 쥐고 밖에 서 있었어요. 아가씨, 이제 저는 어떻게 되는 건가요? 다시는 아버질 못 보나요?"

윤은 눈물을 삼키며 모대를 끌어안았다. 이방부 좌사의 딸이니 절도가 얼마나 무거운 죄인지 누구보다 잘 알았다.

모대 집에 어제 갈 것을! 후회가 다 무슨 소용인가. 이미 벌어진 일인 것을. 윤은 모대를 구하기 위해 머리를 굴려봤지만 뾰족한 수가 없었다.

그때 에워싼 사람들 틈에서 윤은 흑치를 본 듯했다. 허깨비처럼 금방 사라졌지만 분명 흑치였다.

남색 포에 검은 전복을 입은 이방부 관원들이 바삐 걸어왔다. 어릴 때부터 눈에 익은 관복이 낯설고 무섭게 보였다. 지금껏 윤은 저 관복의 편에서 세상을 보았었다. 하지만 모대를 끌어안고 올려다본 세상은 차갑고 가혹했다.

관원 중 하나가 윤을 알아보고 깜짝 놀라며 다가왔다. 아버지의 충직한 부하 가실이었다.

"왜 여기 계시오? 이 아이는 누굽니까?"

윤인지 창인지 묻는 눈이기에 윤은 힘없이 윤이라고 대답했다. 창이라고 말했어야 하지만 거짓말할 기운이 없었다. 가실은 몸에 밴 이방부 관원의 태도로 모대를 때리던 사내를 윽박질렀다.

"자초지종을 있는 그대로 고하라."

약방 사내들은 모대를 때릴 때의 포악함은 어디로 사라졌는지 주눅 든 목소리로 모대가 귀한 약초를 훔쳤고, 자신들은 도둑을 잡았을 뿐이라고 입을 모아 말했다.

가실이 난감한 표정으로 윤을 보았다.

"사실입니까?"

아니라고 항변하고 싶었으나, 윤은 잠자코 고개를 끄덕였다.

"아가씨, 그 아이와 어떤 사인지는 모르겠으나 나는 이방부의 관원이니 죄인을 잡아갈 수밖에 없습니다."

가실이 안타까운 표정으로 말했다.

"소명할 게 있으시면 내일이라도 이방부 관아로 나오시오."

윤은 고개를 끄덕였다.

"걸을 수 있겠느냐?"

가실이 모대에게 물었고, 모대는 고개를 끄덕였다. 가실은 모대의 가는 두 팔을 포승줄로 포박했다. 모대가 윤과 처용을 돌아보았다. 눈동자에 두려움이 가득했다. 비틀비틀 멀어지는 모대의 작고 마른 등을 보는 윤의 마음은 갈가리 찢어졌다. 처용이 윤의 어깨를 가만히 감싸 안았다.

사람들이 다 흩어지도록 한참을 멍하니 앉아 있던 윤은 문득 생각난 듯 소매에 감춘 것을 꺼냈다. 마구 엉킨 수염처럼 생긴 풀뿌리였다. 모대가 훔친 위령선이겠지. 한데 그걸 본 처용의 표정이 일변했다.

처용이 재빠르게 자신의 바랑에 넣더니 윤의 팔을 붙잡고 걷기 시작했다.

"그거 계림약방에 돌려줘야……."

처용은 윤의 말을 들은 척도 않고 내처 걸어 인적이 드문 골목에 이르러서야 발을 멈추었다. 윤은 표정이 심상치 않은 처용을 보며 긴장했다.

처용이 자신의 바랑에 손을 집어넣더니 말린 약초 뿌리를 한 움큼 윤에게 내밀었다. 윤은 어리둥절해서 처용의 손을 보았다. 모대에게 받은 것은 분명히 하나인데 처용의 손바닥에 있는 것은 여럿이었기 때문이다. 똑같은 것이 여러 뿌리였다.

"당나라에서 수입해 온 위령선?"

처용의 입가에 냉소가 떠올랐다.

"이건 흑치의 산밭에서 내가 가져온 약초 뿌리야."

❀

위령선.

윤은 어렴풋한 기억에서 위령선에 대한 것을 끄집어 올렸다.

처용과 흑산에 간 날, 산밭에서 야생초 군락을 가리키며 처용이 위령선이라 했었지. 그때 본 건 잎과 꽃이었다. 위령선이 그 야생초의 뿌리를 일컫는 이름일 줄이야.

“흑치가 계림약방의 보급책이라니.”

처용이 탄식하듯 내뱉었다.

윤도 모든 것이 단숨에 파악되었다. 값비싼 수입 약초라더니 흑치의 산밭에 자라는 풀뿌리였어! 윤은 주먹으로 벽을 쳤다. 가난한 백성들은 아파도 약 한 번 제대로 못 써보고 앓다가 죽기 일쑤인데 동시 한복판, 신라 최고의 약방에서 이런 일이 벌어지고 있었다니.

“사리사욕을 취하고자 백성을 기만한 죄는 극형으로 다스리는 중죄야! 지척에서 이런 일이 벌어지고 있는데 이방부에선 대체 무얼 하고 있던 거야? 관아로 가야겠어.”

돌아서는 윤을 처용이 붙들었다.

“계림약방의 부정은 당연히 고발하여 벌을 받게 해야 하지만.”

처용이 윤을 달래듯 차분히 말했다.

"그것과 모대의 죄는 별개란 걸 너도 알 거다. 모대가 훔친 것이 당나라에서 들여온 약초든 아니든, 모대가 절도죄를 범한 사실이 지워지진 않잖아."

윤은 처용의 질푸른 눈을 뚫어지게 바라보았다.

"무슨 말이 하고 싶은 거야?"

"거래를 하자."

"무슨 거래?"

"계림약방 약방주에게 모대를 옥에서 꺼내 달라고, 절도는 오해였다고 관아에 가서 말해 달라 요구하는 거다."

"이 일을 입 다무는 조건으로?"

처용이 고개를 끄덕였다.

윤은 땅바닥에 주저앉았다. 양손으로 머리를 감싸쥐고 고민하던 윤이 마침내 고개를 들었다.

모대를 구할 수 있는 유일한 기회였다. 나쁜 놈들에게 벌을 내리는 건 다음에도 할 수 있는 일이었다.

처용이 윤의 손을 잡아 단숨에 일으켰다.

"결심했으면 가자. 쇠뿔은 단김에 뽑으라 했다. 나는 상단주의 아들이다. 약방주는 내게 맡겨."

유시 정각을 알리는 종을 친 지 한참 되었고 어느새 어둠이 내리고 있었다. 월성의 검은 지붕들 위로 피처럼 붉은 노을이 번져가는 게 보였다.

계림약방으로 가보니 약방 문은 이미 닫힌 뒤였다. 안채로 통하는 대문도 닫히긴 했지만 처용이 손으로 미니 스르르 열렸다. 문이 꽤 큰 소리를 내며 열렸음에도 안에서는 인기척이 없었다.

스르릉, 처용이 검집에서 검을 빼는 소리가 마당에 고인 불길한 침묵을 갈랐다.

거인 문지기가 머리를 대문 쪽으로 향한 채 엎어져 있었다. 검이 등을 수직으로 꿰뚫고 있었다. 시신 옆에 붉은 피가 작은 웅덩이를 이룬 게 보였다. 다가가보니 뒷목에도 검에 깊이 찔린 상처가 있었다.

윤과 처용은 마당을 단숨에 가로질러 안채의 거실로 뛰어들었다. 사방을 에워싼 약장과 대들보에까지 주렁주렁 매달린 약재에서 풍기는 짙은 냄새가 먼저 둘을 맞았다. 진료를 보는 넓은 참나무 탁자에 머리가 허옇게 센 사람이 잠든 듯 엎드려 있었다. 약방주 노인이 틀림없었다. 상엔 찻잔 두 개가 놓여 있었다. 처용이 다가가 목에 손을 대더니 탄식하듯 내뱉었다.

"죽었어."

윤은 갑작스레 두 구의 시체를 접한 충격에 욕지기가 치밀었다. 상상도 못한 일에 끔찍한 두려움이 밀려들었다. 처용은 잔에 남은 것을 손가락으로 찍어 혀에 대보았다.

"독이다."

윤도 다가가 찻잔을 들여다보았다. 차가 반쯤 남아 있었다. 희미하게 독특한 냄새가 났다.

"처음 접하는 거야. 냄새도 맛도. 약방주는 자기가 죽는 줄도 모르고 잠들 듯 죽은 듯해."

처용이 나직이 말했다. 탁자 옆 벽에 빈 검집이 걸려 있는 게 보였다. 누군가 집 안에서 약방주를 죽인 후 마당으로 나와 약방주의 검으로 문지기를 죽였다. 윤은 맥이 탁 풀려 비틀댔다.

살인자는 사라졌고 거래 대상은 죽었다. 모대를 구할 방법도 사라졌다.

두 구의 시신. 사라진 살인자. 충격에 머리가 텅 비었다.

"윤아, 움직여야 해. 시신은 다른 이가 발견하게 둬. 우린 여기 온 적 없는 거다. 어서 모대에게 가자."

처용이 윤을 흔들었다.

"만약 누군가 입막음으로 이들을 죽였다면, 모대도 안전하지 않아."

흑치. 윤은 심장이 오그라드는 두려움을 느끼며 중얼거렸다.

"아까 모대랑 있을 때 흑치를 봤어……."

처용은 눈썹을 찌푸리며 말했다.

"모대가 위령선을 훔치다 치도곤당하는 걸 안채에서 나오던 흑치가 봤다면 산밭에서 자기랑 몸싸움을 벌이던 우리도 알아보았겠지. 흑치는 겁이 났을 거야. 만약 우리가 위령선의 비밀을 관아에 발고하면 약방주도 끌려가 추궁당할 거고, 그럼 흑치 자신도 애지중지하는 산밭도 무사하지 못할 거라 생각했겠지. 안채로 되돌아가 약방주와 문지기를 죽이고 달아날 마음을 먹을 이유가 충분하지."

윤은 벌떡 일어났다. 둘을 죽일 수 있다면, 셋은 왜 안 되겠는가. 동시 한가운데서 살인을 저지른 자가 관아라고 주저하겠는가.

윤은 어서 모대가 무사한 것을 확인해야 한다는 생각에 뛰어나갔다. 마당엔 여전히 검에 꿰인 문지기의 시신이 엎어져 있었다. 윤은 눈을 꽉 감았다 떴다. 이 모든 게 꿈이었으면, 눈을 뜬 순간 꿈에서 깨어났으면 하고 간절히 바랐다. 물론 그런 일은 일어나지 않았다.

대문을 나오자 딴 세상으로 온 듯했다. 색색의 등불을 밝히고 손님 맞을 채비가 한창인 주점들이 동시의 밤을 낮과는 다른 색깔로 물들이고 있었다.

그때 갑작스런 소란이 일었다. 거리의 사람들이 삼삼오오 모여 웅성대며 어딘가를 바라보았다. 그쪽으로 눈길을 돌린 윤은 또 한 번 충격으로 몸이 굳었다.

"불이야! 불이 났다!"

동궁 남쪽 월성 언덕 아래 관아 거리다. 모대가 갇힌 옥이 있는. 그곳에서 불길이 솟구치고 있었다.

바람 앞의 등불

다음 날 아침 진시 3각.

마당에서 아버지와 어머니가 얘기를 나누는 소리에 윤은 눈을 떴다. 동창이 훤했다. 어제라면 이미 국학에 가 있을 시각이다. 밤에 돌아오자마자 창을 깨워 대강 일의 전말을 전하고 이제 네가 국학에 가야 한다 일렀었다. 스승과 동학들이 눈앞에 어른거리면서 마음 한구석이 헛헛해왔다.

"불이 났다고 불려나가선 진시가 되도록 안 들어와서 걱정하였소."

"그럴까 봐 잠시 들어왔다오. 다시 나가봐야 해요."

"불이 안 잡혔소?"

"관아에 불은 다행히 크게 번지지 않고 꺼졌는데…… 지난밤에 살인 사건이 있었어요. 계림약방 주인과 문지기가 죽임을 당한 흉악한 사건인데 점원이 아침에 발견해서 신고했소. 현장 검식에 검안에 바쁠 거요."

"저런, 누가 그런 짓을. 이래저래 흉흉하오."

"아이들은요?"

"창은 국학에 갔고, 윤은 오늘 늦잠을 자는군요."

자기 방으로 다가오는 아버지의 발걸음 소리를 듣고 윤은 바짝 긴장했다. 잠들어 있던 척하느라 아버지가 몇 번 두드리고야 문을 열었다. 설치수는 방으로 들어와 의자에 앉았고 윤도 침상에 걸터앉았다.

"아버지, 이제 오셨어요?"

"음. 너는 언제 들어왔느냐?"

"아버지 나가신 뒤 금세 들어왔어요. 다음부턴 일찍 다니겠습니다."

"계림약방에서 어제 도둑을 잡을 때에 처용과 함께 현장에 있었다던 아이가 너냐, 창이냐?"

윤은 침이 말랐다.

"저예요."

"약초를 훔친 아이, 너희가 아는 아이라면서?"

윤은 어두운 얼굴로 고개를 끄덕였다.

"네. 불매꾼인 아버지를 따라 모화리에 와서 주막 일을 돕는 어린아이 모대예요. 저힐 많이 따랐습니다."

윤은 아버지를 보며 두 손을 모았다.

"아버지, 모대를 도와주실 수 없나요?"

치수는 묵묵히 윤을 바라보다가 입을 열었다.

"그 아이가 탈옥했다."

"예?"

"간밤에 관아에 불이 나 소란스럽고 옥졸도 불을 끄느라 자리를 비운 틈을 타 탈옥했다. 진정 너는 모르는 일이냐?"

"탈옥이라니요? 어린 모대가 무슨 힘이 있어 옥을……."

"옥졸이 열쇠를 잃어버렸다더구나. 하지만 옥문을 열어준 적은 결단코 없다 했다."

"이해할 수 없어요. 누군가 문을 열어주었으니 나갔을 게 아닙니까?"

"이상한 일이긴 하지. 허나 죄인이 옥에서 사라진 건 사실이다."

아버지는 양손으로 얼굴을 문질렀다. 손가락 사이로 피로가 묻어나왔다.

"방화에 살인 사건에 죄인의 탈옥까지 어젯밤에 일어난 사건이 많구나."

"살인이 일어났다고요?"

"그래. 계림약방 주인 의원과 문지기가 살해당했다."

낯빛이 하얗게 질리는 윤을 보고 설치수가 놀라 말을 멈추었다.

"아버지…… 두려워요."

"그게 무슨 말이냐?"

"그 일이 어제 모대가…… 모대가 위령선을 훔친 것과 관련이 있는 듯싶어요."

"자세히 말해 보아라."

"아버지, 지금부터 제가 드리는 이야기가 기이하겠지만 한 치의 거짓도 없는 사실이에요."

윤은 처용과 함께 흑산에 갔다가 우연히 흑치란 자와 그가 가꾸는 산밭을 보게 된 것을 아버지에게 털어놓았다. 당나라에서 수입한 값비싼 약초라는 위령선이 흑치의 산밭에서 군락을 이루어 자라고 있다는 사실도.

설치수의 얼굴이 딱딱하게 굳었다.

"계림약방이 그런 짓을 저질러 왔다니……."

"어제 모대가 치도곤당할 때 얼핏 흑치를 보았어요. 처용은 흑치가 약방 안채로 들어가는 걸 봤다고 하고요."

윤이 두려움 가득한 표정으로 말했다.

"흑치란 놈이 중죄가 발각되는 게 두려워 약방주를 죽이고 모대를 납치했다…….”

이방부에서 뼈가 굵은 아버지가 생각에 잠겼다.

“윤아, 흑치가 네 말대로 산짐승 같은 자라면 저 한 몸 달아나 숨으면 될 일이지 일을 이토록 크게 벌일 필요가 있겠느냐.”

“그 뜻은…….”

치수의 눈초리가 매서워졌다.

“계림약방의 고객은 고관대작부터 금성 밖 호족들까지 모두 부와 힘을 누리는 자들이다. 이방부가 함부로 건드릴 수 없는 이유지. 흑치란 놈이 약방주를 죽여 보호할 것이 제 목숨 하나가 아닐 거라는 감이 오는구나. 계림약방에 배후가 있을지도 모른다는 말이다. 우선 흑치를 잡아야겠다. 계림약방의 죄상을 낱낱이 밝히기 위해서 약재를 거래한 장부도 확보해야겠고. 너희가 도울 일이 많겠구나. 내일 처용과 함께 관아로 와 흑치란 자의 용모파기 만드는 것을 도와라.”

“예. 그리할게요.”

“약방과 흑산의 산밭에 있는 위령선도 증좌로 압수해야겠구나.”

“예, 길을 안내하겠습니다.”

아버지는 윤의 뺨을 쓰다듬었다.

“윤아, 이 일은 당분간 아무 데도 새어나가지 않아야 하니 각별히 입조심해야 한다.”

윤은 고개를 작게 끄덕였다.

아버지가 나가고 방에 혼자 남겨지자 윤은 긴 한숨을 쉬었다. 윤의 마음속에 새삼 하나의 의문이 불을 밝혔다.

'옥문을 연 자는 누구일까?'

❀

전날 저녁.

관아에서 불길이 올라오는 걸 보고 정신없이 달려갔을 때 홀로 옥에 갇힌 모대는 반쯤은 지쳐서 잠들고 반쯤은 정신을 잃은 상태로 누워 있었다. 불을 끄러 갔는지 옥졸도 보이지 않았다. 불길이 타오르는 맞은편 지붕 너머는 사람들 소리로 시끌벅적했다. 불길이 언제 들이닥칠지 모르니 옥문을 부수고서라도 모대를 꺼내야겠다 마음먹었는데 옥문이 열려 있었다.

"모대를 여기서 데리고 나가야 돼."

윤이 굳은 얼굴로 뱉자 처용이 윤을 보았다.

"탈옥시키자고?"

"모대를 불태워 죽이려고 불을 지른 게 분명해. 관아도 모대에겐 안전하지 못해."

처용은 한숨을 쉬었다.

"허나 모대를 어디로 피신시키게?"

"내게 생각이 있어. 어서 여기서 나가자!"

개 짖는 소리, 남천에 흐르는 물소리뿐 사위는 고요하고 지나다니는 이도 없었다. 윤은 이곳이 관아 거리 뒤에 있음을 부처님께 감사드렸다. 윤은 모대가 담장을 넘도록 도와주고 뒤이어 담장을 훌쩍 넘었다.

땅에 발이 채 닫기도 전에 검은 개 두 마리가 거칠게 짖으며 달려들었다. 깜짝 놀란 윤이 모대를 안자 개들이 침이 뚝뚝 흐르는 주둥이를 벌려 윤을 물려 했다.

"물러나!"

누군가의 외침에 개들은 뒤로 물러났지만 여전히 으르렁댔다. 윤은 숨을 몰아쉬며 놀란 가슴을 진정시켰다.

"너는 평범하게 나타나진 못하는 거냐?"

편안한 옷을 입은 홍렴이 윤을 바라보고 서 있었다. 옆에는 사복이 검을 빼든 채 윤을 쏘아보았다. 윤은 몇 시진 전에 보았으면서도 홍렴이 반가워 왈칵 눈물이 나려 했다. 홍렴이 그런 윤과 모대의 피 묻은 얼굴을 보더니 다가와 몸을 낮춰 부드럽게 물었다.

"무슨 일이 있는 게냐?"

윤은 침을 꿀꺽 삼키고 작게 말했다.

"도움이 필요하면 오라고 하셨기에…… 왔습니다."

홍렴이 웃었다.
“담을 넘으라고 하진 않았는데?”
윤은 고개를 떨구었다.
“문을 두드려 사람들의 주목을 끌 형편이 못 되었습니다.”
“왔으니 들어가자.”
윤은 순순한 홍렴의 말에 놀라면서도 얼른 몸을 일으켰다. 그러다 신음 소리를 내며 주저앉았다. 짖는 개들에 놀라 착지를 잘못한 바람에 발목을 삔 모양이었다. 홍렴이 윤을 안아들었다. 윤은 너무 놀라 돌처럼 굳었다. 사복이 당황한 듯 앞을 막아섰다.
“제가 안으로 모시겠습니다.”
“되었다. 너는 저 아이를 데려가 씻기게 하고 찜질 준비를 좀 해다오.”
사복은 머리를 살짝 조아리곤 모대를 데리고 들어갔다. 홍렴은 거실을 지나쳐 내실로 들어가 침상에 윤을 내려놓았다. 크고 아름다운 방이었다. 책을 읽던 중이었던 듯 흐트러진 침상에 펼쳐진 책이 보였다. 홍렴은 윤의 신발을 벗기더니 발목을 살폈다. 윤은 아픔에 얼굴을 찡그렸다.
“발목이 조금 부었구나. 찜질하면 괜찮을 것이다.”
사복이 더운 물이 담긴 대야와 수건을 가져왔다.
“제가 하겠습니다.”

"괜찮으니 나가보아라."

홍렴은 침상 아래 반 무릎을 꿇고 윤의 발목에 더운 물수건을 감았다. 윤은 당혹의 연속이었으나 홍렴의 태도가 자연스러워 가만 있을 도리밖에 없었다.

"가라앉을 것이다. 이제 말해 보아라. 담을 넘은 이유를."

홍렴이 고개를 들어 침상에 앉은 윤과 눈을 맞추었다. 윤이 쉽게 말을 꺼내지 못하자 홍렴이 윤의 옆에 앉았다. 윤은 얼른 물러나 앉았다. 호랑이 굴에 뛰어든 여우가 된 기분이었다.

"말을 하지 않으면 너를 도울 수 없다."

윤은 눈을 질끈 감고 내뱉었다.

"제가, 제가 모대를, 이 아이를 탈옥시켰습니다."

천천히 눈을 떠보니 윤을 바라보는 홍렴의 얼굴엔 아무 변화가 없었다. 계속하란 뜻인 거 같아 윤은 마음을 굳게 먹고 자신이 보고 들은 바를 모두 털어놓았다. 홍렴은 보통 사람이 아니니 도움을 얻으려면 숨김이 없어야 했다. 윤의 이야기를 듣는 홍렴의 표정이 차츰 진지해졌다.

"오죽했으면 이방부 좌사의 자식인 제가 감히 이런 짓을 저질렀겠습니까? 흑치는 흉악스러운 짐승 같은 자입니다! 관아도 아버지도 모대의 목숨을 지켜주지 못할 거예요."

"그래서 내게 왔다?"

"금성 하늘 아래 여기만큼 안전한 곳이 어디 있겠습니까? 누가 이 집에 죄인이 숨어 있을 거라 생각하겠습니까?"
홍렴이 미소 지었다.
"나는 어찌 믿고?"
윤은 입술을 꽉 깨물었다.
"믿어서가 아닙니다…… 거래를 하려함입니다."
"거래?"
홍렴이 자못 흥미롭다는 표정으로 팔짱을 꼈다. 윤은 초조하게 말을 이었다.
"모대를 맡아주십시오. 오래는 아닙니다. 조용해지면 모대를 무주로 보내려 합니다."
"무주?"
홍렴의 얼굴에 또다시 낯선 표정이 떠올랐다.
"무주라면 금성에서도 손대지 못하는 처지니 일리는 있다만 네가 무슨 수로?"
"무주 도독 김의승이 저의 외할아버지입니다."
윤은 그 이름을 혀끝에 올리는 것만으로도 떨렸지만, 어깨를 펴고 당당하게 말하려 애썼다. 홍렴이 한쪽 눈썹을 치켜올렸다.
"오래전 폐하와 왕위를 놓고 다투었던……. 스승님도 잘 아실 것입니다. 비록 왕성과 멀어진 지 오래이나 병권이 강성하다는 것 또한 아실 것입니다."

홍렴은 우아한 미소를 띠고 물었다.

"그래서? 모대를 숨겨주면 네 외할애비가 나를 돕기라도 한다는 거냐? 김의승은 정치를 떠난 지 오래다. 네게 과연 그런 힘이 있다고 믿느냐?"

물론 믿을 리가 있나. 태어나 한 번 만나본 적도 없는 외할아버지인데. 달리 방법이 없으니 큰소리를 치는 것이지. 윤은 에라, 모르겠다 싶어 더욱 큰소리를 쳤다.

"못 할 게 무엇입니까? 언제적 상대등이 여직 나라를 쥐고 흔드는데 외할아버지께 세상을 바로 세우자고 설득 못 할 게 무엇입니까? 해보겠습니다. 할 수 있습니다."

힘껏 말하다보니 스스로도 믿어질 지경이었다. 윤의 반짝이는 눈과 붉게 달아오른 뺨을 물끄러미 보던 홍렴이 소리 내어 웃었다.

"맹랑한 녀석, 죄인을 탈옥시킨 것도 모자라 감히 내게 이런 제안을 하다니. 눈치도 빠르고 배짱이 두둑하구나. 과연 김의승의 핏줄답다."

홍렴은 몸을 일으켰다. 윤은 조마조마한 마음으로 홍렴의 뒷모습을 쫓았다. 홍렴이 고개를 돌려 윤을 보았다. 어느새 차가워진 눈빛에 윤은 가슴이 철렁했다.

"내가 네 말을 믿을 수 있다고 생각하느냐?"

윤은 고개를 힘없이 떨구고 작게 말했다.

"아니오……."

홍렴은 웃음을 터뜨렸다.

"허나 나로선 나쁠 게 없는 거래긴 하지."

윤은 고개를 번쩍 들어 홍렴을 보았다.

"받아들이겠다."

"예?"

"만약 네 말대로 되기만 한다면 나로서는 천군만마를 얻는 것인데 마다할 이유가 없지."

홍렴이 다가와 윤의 어깨를 쥐며 눈을 들여다보았다.

"약조해라. 도독에게 네가 가야 한다. 그리 해준다면 모대를 맡을 뿐만 아니라 안전하게 무주에 가도록 도와주겠다."

윤은 자신이 큰일을 저질렀다는 생각에 머리가 어질했지만 젖 먹던 힘까지 내서 큰 소리로 대답했다.

"예, 그리하겠습니다!"

❁

설치수가 나가고 어머니 운영과 밥상에 마주앉은 윤은 모대의 일을 털어놓았다. 아버지에겐 모대의 일을 숨겼지만, 무주로 모대를 보내야 하는데 어머니의 허락 없이 그 일을 할 수는 없었다.

운영은 윤의 무모함에 크게 놀랐지만 모대를 안타까워하는 마음이 더 컸다.

"모대를 이대로 두면 노비가 되는 건 고사하고 목숨을 보전하기도 어려울 성싶어요."

윤은 침을 꿀꺽 삼킨 뒤 조심스럽게 말을 꺼냈다.

"어머니, 모대를 무주로 보내면 어떨까요. 아무리 생각해봐도 관군의 힘이 미치지 않고, 누가 함부로 해코지하려 들 수 없기로 무주만한 데가 없었어요."

운영은 윤의 입에서 무주란 말이 나온 것만으로도 충격을 받은 듯했다. 운영은 고개를 숙인 채 말이 없었다. 윤은 조바심을 꾹 누르고 가만히 기다렸다. 어머니가 허락지 않는다 해도 어쩔 수 없다 생각했다.

마침내 운영이 입을 열었다.

"내게 말해주어…… 고맙다. 그리하도록 하자."

윤은 감격하여 어머니를 끌어안았다. 외할아버지에 대해 한 마디도 입에 올린 적 없는 자존심 강한 어머니였다. 그런 어머니가 일면식도 없는 한 아이를 위해 마음을 굽힌 것이다. 고맙고 또 미안했다.

운영은 손가락에서 금가락지 하나를 빼서 윤에게 건넸다.

"이걸…… 모대에게 주어라. 반지 안쪽에 내 이름이 새겨져 있지만 아니더라도 기억하실 게다. 네 외할아버지가 주신 것이니."

윤의 눈시울이 붉어졌다. 자라면서 어머니 손가락에서 하루도 빠진 걸 본 적 없는 가락지였다. 외할아버지가 어머니에게 주신 것이었다니! 윤은 처음으로 외할아버지가 밉고 원망스러웠다. 만나서 어찌 이러실 수가 있냐고, 이제라도 후회한다면 딸과 화해하면 안 되냐고 따져 묻고싶었다.

어머니가 말을 이었다.

"잘 생각했다. 무주는 늘 손이 부족한 땅이라 오래전부터 유민을 기꺼이 받아들였지. 비옥한 평야에 농사지을 일손도 일손이지만 해적의 침입도 잦다. 밭을 갈다가도 해적이 침입하면 언제라도 그에 맞서 검과 창을 들어야 했단다. 그리 훈련시킨 것이 바로 네 외할아버지다. 내 땅, 내 사람은 스스로의 힘으로 지켜야 한다고 배웠지. 굳세고 정 많은 사람들이란다. 모대는 잘 적응할 게다."

'내 땅, 내 사람은 내 힘으로 지켜야 한다.'

윤은 어머니의 말을 곱씹으며 자꾸만 움츠러드는 마음을 다잡았다.

아침을 먹고 난 뒤 윤은 처용에게 가려고 채비하고 나섰다. 관군들을 흑치의 산밭에 안내하기 전에 먼저 가서 위령선을 잔뜩 챙겨올 생각이었다. 흑치를 떠올리기만 해도 오금이 저렸지만 범개의 병에 위령선이 특효라는 걸 안 이상 가지 않을 도리가 없었다. 아버지에게 말하면 절대 허락지 않을 테니 처용과 둘이서 가야만 했다.

흑치가 제아무리 흉악무도하다 해도 어제 사람을 죽인 자가 산밭에 죽치고 있진 않을 거라 생각했다. 설령 숨어 있다 해도 둘이 함께라면 함부로 덤비지 못하고 달아날 것이라 믿었다.

대문 밖으로 채 발을 뻗기도 전에 뜻밖의 불청객과 맞닥뜨렸다. 향아였다.

"윤아, 이제야 집에서 나서는 거야? 너무하다."

향아가 한편으론 안심하고 한편으론 야속한 표정을 지으며 윤에게 달려들었다. 달콤한 향기가 코끝에 훅 끼쳤다. 윤은 몹시 당황해서 어쩔 줄을 몰랐다.

"일찍 만나 가기로 해놓고 약속 장소에 오지 않아 걱정했어. 그동안 이런 일이 한 번도 없었잖아."

윤은 창에게 무슨 약속인지 들은 바가 없어 어물거릴 수밖에 없었다. 창도 정신이 없어 윤에게 미처 말을 못한 채 국학으로 간 게 분명했다. 설마 향아가 집으로 찾아올 줄은 창도 생각 못 했을 것이다.

향아가 윤의 표정을 보곤 고개를 갸웃했다.

"윤아, 왜 그러니? 설마 어제 한 말을 기억하지 못하는 건 아니겠지? 함께 비구니 스님이 있는 감은사에 가서 설법을 듣고 바다 구경도 하기로 했잖니."

윤은 향아와 눈도 못 맞춘 채 뭐라고 할지 고민했다. 향아가 불안한 눈으로 윤을 바라보더니 한 걸음 뒤로 물러났다.

"아, 혹시 윤의 쌍둥이 아우인 창인가요?"

윤은 안도하며 고개를 끄덕였다. 향아는 화들짝 놀라 손으로 입을 가렸다.

"세상에, 정말로 똑같군요! 그럼 윤은 어디에……."

스스럼없던 향아의 말투가 예의 바르게 변했다. 그때 어머니가 광에서 나오다 두 사람을 보았다.

"윤아, 그 아가씨는 누구니? 왜 손님을 문에 세워놓고 있니? 아, 혹시 일전에 말한 향아란 아가씨니?"

어머니가 반가운 얼굴로 다가오는 걸 보고 윤은 다급하게 향아 손을 잡아끌며 대문 밖으로 나왔다.

윤은 아직도 향아에게 사실을 털어놓지 않은 창에게 이를 갈았다. 오늘 일에 대한 책임도 창이 놈이 지는 것이 마땅한 것을, 왜 내가 이런 곤경에 빠져야 한단 말인가!

향아가 잡힌 손을 뿌리치며 윤을 쏘아보았다.

"너 누구야?"

윤은 꿀 먹은 벙어리가 되어 고개를 푹 숙였다. 향아가 기가 막히는지 한숨을 토했다.

"……그러니까 네가 윤이고, 내가 한 달 동안 만난 사람은 네 쌍둥이인 창이라고?"

"연등제 때는 나야."

윤은 고개를 숙인 채 기어 들어가는 소리로 대꾸했다. 아아, 설창! 정말 죽여버리고 말 것이다!

"연등제 때는 너라고? 지금 그게 할 말이야?"

향아가 소리쳤다. 윤은 움찔 뒤로 물러났다. 향아가 넋 나간 사람처럼 중얼거렸다.

"나는 황룡사에서 만난 윤에게 벗이 되자 청했고, 지난 한 달 동안 만난 윤과는 하루도 빠짐없이 참으로 즐거웠어. 어서 아침이 와서 다시 만났으면 좋겠다 싶을 만큼. 그럼 내가 좋아하는 윤은 대체 누구란 말이야?"

"그게 그러니까…… 너를 즐겁게 해준 윤이 아닐까? 그게 그러니까…… 창이야."

윤이 기어 들어가는 소리로 말했다. 향아는 더욱 화가 나는지 발을 구르며 소리쳤다.

"내가 날마다 만난 그 윤은 지금 어디 있어?"

윤은 향아가 창을 찾아가 죽여버릴까 겁이 났으나 자신이 살고봐야 했기에 얼른 대답했다.

"국학에 갔어."

향아의 얼굴에 또 다른 이해와 놀람의 빛이 떠올랐다.

"그러니까…… 그 윤이 나를 만나는 동안, 네가 국학에 간 거야, 지난 한 달 동안?"

윤은 한숨을 폭 쉬고 고개를 끄덕였다. 홍렴의 얼굴이 눈앞에 어른거렸다.

"세상에, 며칠 전 홍렴 오라버니를 만났는데 네 이야길 하더군. 영민하고 심지가 굳어 가르치기에 즐겁고, 말과 행동에도 거침없어 사랑스럽다고 했어. 홍렴 오라버니가 겉보기와는 달리 냉정한 사람인데 너를 진심으로 좋아하는 듯했어. 이제 어떡할 생각이야?"

윤은 아무 대꾸도 못했다. 향아는 그런 윤이 애처로웠던지 한 발 다가서다가 다시 창을 생각하니 화가 솟구치는 듯 획 몸을 돌렸다. 윤은 그래도 하나뿐인 동생이라 얼른 소리쳤다.

"창이 너를 너무 사모해서 그때 너를 만나지 못했다면 명줄이 끊어졌을 거야! 사랑하는 너를 날마다 보며 한 달 더 살았으니 무슨 미련이 있겠어. 이제 죽여도 괜찮아!"

향아가 웃어야 할지 울어야 할지 모르겠단 표정으로 윤을 휙 돌아보았다.

"그래서 그 입은 뒀다 뭐한대? 쓸모없는 입으로 무슨 말을 늘어놓을지 내 귀로 들어야겠어!"

향아가 흙먼지를 일으키며 말을 달려 떠난 뒤에도 벌렁거리는 가슴이 가라앉지 않았다. 그 와중에도 향아의 말 타는 자세가 아름다운 것이 창이 잘 가르쳤구나 싶었다.

'정신 차려라, 윤아. 창도 창이지만, 이제 곧 홍렴 스승님이 알게 될 텐데.'

윤은 한숨을 푹 쉬었다.

❀

처용은 윤의 안색이 안 좋아 걱정스러운 표정을 지었다.

"혹 아버지에게 모대 일을 들킨 거냐?"

윤은 고개를 저었다.

"아버지에겐 흑치와 계림약방에 대해서만 말했어. 아버지는 전혀 의심하지 않으셨고."

처용은 안심한 표정으로 싱긋 웃었다. 윤은 향아가 왔던 이야기는 하지 않았다. 들통난 사실을 알면 처용은 좋아할 테지만.

이번엔 처용도 검을 찼고, 윤은 검뿐만 아니라 활도 챙겼다. 등에는 위령선을 담을 바랑을 멨다. 내심 긴장해서 사방을 경계하며 산밭으로 접어들었지만 흑치의 흔적은 없었다. 동굴 속에 약초를 캘 때 쓰는 낫과 호미도 그대로 있었다. 둘은 경계를 늦추지 않으면서 낫과 호미로 위령선을 캐기 시작했다.

빽빽한 숲과 암벽을 울타리 삼아 오롯이 자리 잡은 비밀의 땅에 햇빛이 넘실거렸다.

얼마나 시간이 흘렀을까. 허리와 다리가 아파 몸을 쭉 펴고 기지개를 켜던 윤은 코끝에 끼쳐오는 냄새에 긴장했다. 분명 나무 타는 냄새가 사방에서 닥쳐오고 있었다.

윤은 산밭 끝의 숲을 향해 달려갔다. 한참 숲길을 달리니 멀리 숲이 불타는 게 보였다. 얼마나 걸릴진 몰라도 바람의 방향을 보아 불길이 산밭을 덮쳐올 게 분명했다. 누군가 산밭을 노리고 울타리 치듯 불을 질렀다. 그 목적이 증좌가 될 산밭을 태워 없애려는 것인지, 성가신 윤과 처용을 해치려는 것인지, 둘 다인지는 알 수 없었지만 말이다. 윤은 정신없이 되돌아 달려가 처용에게 소리쳤다.

"사방이 불길이야! 지금은 안 보여도 여기까지 불길이 밀어닥칠 거야. 빠져나갈 길은 없어. 어쩌지?"

불을 지를 줄은 생각도 못했다. 검도 활도 불길 앞에선 소용이 없다. 동굴 속으로 들어가지도 못하고 암벽 또한 가팔라 기어오를 수 없다.

윤은 처용을 끌어안으며 울먹였다.

"하필이면 타 죽다니! 어머니가 늘 목숨이 아홉 개냐고 나를 놀리셨지만 이렇게 죽을 줄은 몰랐어. 얼마나 아프겠어? 처용, 너라도 암벽을 올라. 네 무공이라면 가능할지도 몰라."

처용이 윤을 감싸 안으며 낮게 말했다.

"내게도 그 정도 무공은 없어, 윤아."

회한이 윤의 가슴을 채웠다. 나를 만나지 않았더라면 처용이 이런 일을 당하지 않아도 됐을 텐데. 하지만 다시 그날로 돌아간대도 나는 처용을 꼭 만나고 싶어. 바다에서 용의 아들처럼 나타난 처용. 그러자 정말 용의 조화인 듯 비가 내렸고, 그래서 불을 끄느라 집에 들어오지 못하던 아버지가…….

윤은 정신이 번쩍 들었다.

'그날 아버지가 민가로 내려오는 불길을 끊으려고 산자락의 집을 무너뜨렸다고 했지. 멀쩡한 집을. 불이 가는 길을 끊기 위해선 어쩔 수 없었다고.'

윤은 처용에게 소리쳤다.

"불길을 끊자! 밭 가장자리 풀을 다 베어 물 없는 해자를 만드는 거야!"

처용이 감탄한 기색으로 힘껏 고개를 끄덕였다. 두 사람은 미친 듯 산밭의 가장자리로 달려가 풀을 베기 시작했다. 처용이 검을 휘둘러 거침없이 풀을 베면 윤은 낫으로 밑둥을 깨끗이 쳐냈다. 거친 숨소리만이 허공을 채웠다.

동굴을 중심에 둔 부채꼴의 해자가 민둥 바닥을 드러내기 시작했다. 따닥따닥따닥, 불이 숲을 집어삼키며 다가오는 소리가 가까워졌다. 간신히 일을 끝낸 둘은 동굴 쪽으로 물러나 암벽에 기대앉았다. 굴에 들어가고 싶기도 했으나 행여나 연기에 질식할까 두려웠다. 처용의 단단한 두 팔이 윤의 어깨를 감쌌다. 윤도 처용을 꼭 끌어안았다. 부모님 얼굴이 어른거렸다. 여기서 살아나간다면 다시는 위험한 짓을 하지 말아야지!

따닥따닥따닥, 저승사자가 탄 말처럼 위협적인 소리가 나무 타는 냄새와 함께 쳐들어왔다. 윤은 눈을 질끈 감았다. 지칠 대로 지친 윤은 처용을 껴안은 채 그대로 잠이 들었다.

얼마나 시간이 흘렀을까. 천천히 눈을 뜨자 처용의 단단한 가슴팍이 보였다. 땀 냄새가 섞인 처용의 체취가 아직 살아 있다는 걸 깨닫게 해주었다. 눈길을 돌리니 해자 바깥쪽으로 검게 탄 숲이 보였다. 탁탁, 잔불이 나뭇가지를 태우는 소리가 이젠 그렇게 위협적으로 들리지 않았다.

해자가 불길을 끊어주었구나! 우리가 해냈다.

"이 산을 내려가면, 우리 갈라서자."

윤이 울먹이며 속삭였다.

"더 붙어 다니다간 제 명에 죽지 못할 것 같다."

처용이 눈을 감은 채로 미소 지었다.

"네 옆에 있으면 어떤 위기가 닥쳐도 네가 구해줄 것 같은데?"

처용이 속삭였다.

"난 앞으로도 네 옆에 딱 붙어 있을 생각이야."

속이 비어서 그러나. 너무 지쳐서 그러나. 왜 갑자기 또 가슴이 막 뛴담. 정말 병에 걸렸나보다. 윤은 바닥에 뒹굴던 바랑을 주섬주섬 뒤져 먹을 것을 꺼냈다.

"먹고 한숨 쉬자. 어차피 지금은 바닥이 뜨거워서 숲을 빠져 나가려면 한참 기다려야 할 거야."

"죽다 살아나니 배가 고프군."

처용이 웃는 듯 마는 듯하더니 눈썹을 살짝 찌푸렸다.

"누가 불을 냈을까?"

"흑치겠지. 증좌를 없애야 했을 테니. 악독한 놈!"

"눈 하나 깜짝 않고 사람을 도륙 내는 나쁜 놈들도 제가 아끼는 건 야단법석을 떨며 애지중지하더군."

처용이 불타 버린 산밭을 둘러보며 중얼거렸다.

"흑치가 여길 제 손으로 불 질렀을 것 같진 않은데……."

"그럼 한패가……."

"아마도. 다행히 이런 조직은 비밀 엄수를 위해 자기들끼리도 잘 모르는 경우가 많지. 흑치와 계림약방의 관계를 아는 자도 극소수일 거야. 앞으로 각별히 조심하자."

윤은 흑치 뒤에 배후가 있을 거라던 아버지의 말을 떠올렸다. 목적을 위해 살인도 서슴지 않는 무서운 무리들이 금성의 그늘에 도사리고 있구나. 조금씩 알아가는 세상은 무섭고 기이하기만 했다.

❀

지치고 더러워진 몰골로 산을 내려오니 창과 해덕이 길가에서 기다리고 있었다. 윤은 하루가 아직 끝나지 않았다는 걸 깨달았다. 창을 보니 향아가 왔던 일이 떠올랐지만 죽다 살아난 마당에 화낼 일이 무어 있겠는가. 네 사람은 터덜터덜 처용의 거처인 별채로 향했다.

처용은 시비에게 차를 가져오게 했다. 곧 차게 식힌 차와 다과가 탁자에 차려졌다. 창이 한숨을 푹 쉬었다.

"모대 일도 정신이 없는데 오랜만에 국학에 가니 얼마나 낯설던지."

"홍렴 스승님도 자꾸 이상한 얼굴로 창을 보는 게 왠지 윤이 아닌 걸 눈치챈 것만 같지 뭐야."

해덕이 끼어들었다. 창이 한숨을 쉬었다.

"그랬는데 향아가 들이닥친 거야. 홍렴 스승님이 분위기가 심상찮은 걸 보고 자신의 방으로 우릴 데려갔지."

"홍렴 스승님도 있는 데서 향아가 다 고해바친 거야?"

윤은 기겁해서 소리쳤다. 창이 힘없이 고개를 끄덕였다.

"얼마나 야무지게 몰아붙이던지 정말 몸 둘 바를 몰랐어. 그런데 더 놀란 건 뭔지 알아? 향아가 우리 남매가 자신들을 속였다고 화내자 스승님이 웃으며 자신은 속은 적이 없다고 말하지 뭐야."

윤은 너무 놀라 차를 쏟을 뻔했다. 처용이 피식 웃었다. 그럴 줄 알았다는 투였다. 창이 말을 이었다.

"스승님이 처음 너를 본 건 국학에서가 아니라더군. 연등제 때에 내가 여인의 옷을 입고 있는 걸 보았는데 자신을 알아보지 못하더래. 그래서 사복에게 알아보게 해서 우리가 쌍둥이 남매라는 것, 외할아버지가 무주 도독 김의승이란 것까지 다 알고 계셨대. 그러니 네가 국학에 간 첫날 스승님을 못 알아보았을 때 이미 네 정체를 눈치채셨던 거지."

윤은 그동안 홍렴과 있었던 일들이 눈앞을 스쳐갔다. 물에 빠진 자신에게 옷을 빌려준 일, 책을 들려서 동궁에 데려간 일, 자선궁에서 왕후와 나눈 대화들. 모대를 선뜻 받아준 일.

그물 엮듯이 그간의 일들이 조리가 섰다.

모대를 숨겨 달라고 찾아갔던 날 자신이 먼저 외할아버지 이야기를 꺼내서 홍렴 스승은 속으로 기뻤겠구나. 나 설윤은 제 발로 덫에 걸려든 토끼였구나. 왕궁 사람들은 믿지 말라더니 홍렴 스승도 왕궁 사람이었어!

향아와 창 때문이었다곤 하나, 윤도 국학에 다니는 것이 즐거웠다. 스승님과 동학들이 좋았고, 배우고 익히는 일들이 보람되고 신났다. 오늘 창이 원래대로 국학에 가고 난 뒤 윤의 마음이 얼마나 허전했는지 모른다. 윤은 홍렴을 진심으로 스승으로 대했다. 하지만 홍렴은 뼛속까지 권모술수로 채워진 진골 왕족이라는 걸 이제야 깨달았다.

처용이 윤의 표정을 살피곤 화제를 돌렸다.

"향아는 그래 용서해주었어?"

창은 머리를 긁적였다.

"내가 진심을 다해 사과했지. 그랬더니 향아가 뭐래는 줄 알아? 자기가 좋아 속인 건 충분히 이해할 수 있대. 자기가 속상한 건 윤이 자길 나에게 양보한 일이고 그 이유가 나라서 내가 밉다고 했어."

처용과 윤은 어이가 없어 웃고 말았다. 어딘가 향아다운 생각이었다.

"아무튼 향아는 우리 둘 다 좋고 둘 다와 벗하고 싶다고 했어. 나도 그러마고 약속했고. 괜찮지, 누이?"

윤은 웃으며 고개를 끄덕였다.

"나한테 향아의 마음을 뺏기지나 말아."

창은 두 주먹을 불끈 쥐며 말했다.

"그건 걱정 마. 누이는 바쁘지만 나에겐 오로지 향아뿐이니까."

"공부는?"

창의 주먹이 맥없이 풀리더니 머리를 감싸쥐었다.

"국학은 계속 누이가 나가주면 안 돼? 오랜만에 책을 펼쳤더니 흰 건 종이요 검은 건 먹물이라 졸음만 쏟아져 죽는 줄 알았어."

향아 이야길 하다보니 홍렴 때문에 복잡했던 윤의 마음도 차츰 가라앉았다.

"참, 처용 형님에게 전할 것이 있어."

창이 옷소매에서 주섬주섬 무언가를 꺼냈다. 밀봉된 서신이었다.

"원래 향아가 우리 집까지 온 건 이걸 전해주려고 한 거였어. 역관이신 향아의 아버님이 당에 다녀오신 건 알지? 그때 이 서신을 부탁받았다고 했어."

"아버지가 보내신 거야."

처용이 자신의 이름을 쓴 서체를 보고 말했다. 서신을 펼쳐 읽어 나가던 처용의 얼굴이 차츰 창백해졌다. 윤은 좋지 않은 예감으로 가슴이 조여왔다.

"아메드 삼촌이……."

처용의 눈에서 굵은 눈물방울이 흘러내렸다.

서신에 담긴 내용은 이러했다. 처용의 아버지가 당나라를 떠나 항해하는 동안 번진이 봉기를 일으켜 사방에 불을 지르고 양민을 학살했다. 처용의 아버지 상단을 든든히 받쳐주던 지방 군벌이 괴멸되었고 그 난리통에 아메드 외삼촌이 죽임을 당했다. 다행히 처용의 아버지는 양주에 닿기 전 그 소식을 미리 입수하고 안전한 곳으로 피신할 수 있었다.

서신은 이렇게 끝을 맺었다.

'이 서신이 언제 네 손에 닿을지는 모르겠지만 지금은 돌아올 생각 마라. 안정되면 다시 인편에 서신을 보낼 것이다. 모든 걸 잃어도 나는 다시 시작할 수 있다.'

서신이 씌어진 시점으로부터 이미 두 달도 더 지나 있었다. 윤은 차마 처용의 얼굴을 바라볼 수 없었다. 처용은 두 손에 얼굴을 묻은 채 미동도 않았고 창과 해덕은 어쩔 줄을 몰랐다.

"향아의 아버지가 더 말씀 없으셨대? 그동안 사정이 어찌 변했는지."

윤이 묻자 창은 미안한 얼굴로 대꾸했다.

"향아도 서신의 내용을 몰랐으니…… 내가 가서 좀 더 소상히 물어보고 올게."

창과 해덕이 나가고 윤은 무슨 말을 해야 할지 몰라 처용 곁에 가만히 앉아 있기만 했다. 청천벽력 같은 비보를 접한 처용에게 무슨 말이 위로가 되겠는가.

둘이 말없이 앉아 있는데 해덕이 뛰어 들어왔다.

"윤아, 어떡하지? 오늘은 아버지가 일찍 돌아오셨기에 놀란 마음에 이 일을 아버지에게 말했는데……."

해덕은 곤혹스러운 표정으로 어쩔 줄 몰랐다.

얼마 안 있어 해덕의 아버지 최 현령이 잔뜩 붉어진 얼굴로 내실에 들어왔다. 최 현령을 이곳 별채에서 보는 것은 처음이었다. 윤은 속으로 한숨을 쉬었다. 최 현령은 양주의 혼란이 처용의 탓인 것처럼 처용을 노려보았다. 마치 처용의 아버지 상단주가 이 일을 미리 알고 처용을 자신에게 떠맡겼는데 자신은 그것도 모르고 돈을 쓰며 왕처럼 대했다고 생각하는 듯했다.

“윤아, 너도 있었구나. 잘됐다. 네가 증인이 될 수 있겠구나. 너는 그동안 내가 처용 공자에게 얼마나 많은 돈을 쓴 줄 알 것이다. 그런데 이제 저 애 아버지가 빈털터리가 되었다더구나? 그럼 나는 이 손해를 누구에게 말해야 한단 말이냐? 응?”

최 현령의 성격을 아는 윤은 입술을 꽉 깨물었다. 그동안도 충분히 감사의 표시를 했을 테지만 최 현령은 자신이 얻을 뻔했던 이익을 놓친 것만 따져서 아까워하고도 남을 사람이었다. 애초에 그가 바란 것은 처용의 아버지에게 연줄을 대는 것이었으니 말이다.

“아저씨, 처용도 막 슬픈 소식을 접했어요. 너무하세요.”

처용이 몸을 일으켜 최 현령을 마주했다.

“제게 그동안 잘 지낸 것에 대한 대가를 치를 돈은 있습니다.”

최 현령의 눈이 먹잇감을 발견한 맹수처럼 탐욕스럽게 반짝였다. 처용은 일어나 자개장에서 보석함을 꺼내왔다. 최 현령이 목소리를 조금 누그러뜨렸다.

"나도 처용 공자의 사정이 딱하오. 허나 보다시피 신라의 가난한 관리가 무슨 여유가 있겠소? 그동안 처용 공자를 먹이고 재우느라 기둥뿌리가 뽑혔으니 더 이상은 무리일 듯싶소."

처용은 차분한 목소리로 대답했다.

"오늘 바로 집을 비우겠습니다. 그동안 보살펴 주신 것에 감사드립니다."

윤은 대경실색하여 최 현령을 노려보았다. 최 현령은 보석함을 얼른 품에 안더니 인사를 하는 둥 마는 둥하고는 소맷자락을 펄럭이며 밖으로 나가버렸다. 해덕은 한껏 미안한 표정으로 고개를 푹 숙이고 아버지를 뒤따랐다.

이런 일을 겪은 사람을, 빈털터리로 만들어 내쫓다니! 사람이 어찌 저럴 수 있지?

"우리 집에 가자. 사랑방이 비어 있으니 사랑방을 쓰면 돼. 부모님은 당연히 허락하실 거야. 여기보다야 못하지만……."

처용은 고개를 저었다.

"이제 모대가 없으니 모대 아버지를 누가 돌보겠어? 그렇지 않아도 당분간 모대네 집에 있으면서 모대 아버지를 돌볼 생각이었어."

윤은 아무 말도 할 수 없었다. 양주 대상단주의 아들은 마음이 돌덩이처럼 단단한 모양이었다. 그렇게 훈련받은 것일까. 그도 아니면 언제든 다시 일어설 자신과 힘이 있어서일까.

간단히 짐을 챙기고 나머지는 해덕에게 부탁해 맡긴 후 윤과 처용은 어리로 향했다.

첨성대를 지나 왕들의 무덤이 놓인 평원을 벗어나자 이윽고 서천이 나왔다. 북천과 서천은 자주 범람하는 강이었다. 북천과 서천이 만나는 곳에 유민들이 모여들어 이룬 마을이 어리였다. 잡초가 무성한 흙길을 달리자 길이 점점 좁아지더니 초가집이 다닥다닥 붙어 있는 마을이 나왔다. 처용과 윤은 고삐를 당겨 발걸음을 늦추었다.

아이를 업은 여자가 사립문을 밀고 나와 흙 동이에 든 물을 길에 버렸다. 배수로가 따로 없어 땅이 질척거렸다. 노인과 아이들이 마른 먼지 풀풀 날리는 길가에 앉아 처용과 윤을 바라보았다. 둘은 물어물어 모대네 집을 찾을 수 있었다.

거적문을 걷고 들어서자, 냄새가 훅 덮쳐왔다. 안쪽 벽에 솥이 얹힌 부뚜막이 있고 흙바닥에 두툼한 거적자리가 깔려 있었다. 거적자리 구석에 범개가 꼬질꼬질한 이불을 덮고 누워 있는 게 보였다. 처용은 범개 옆에 앉더니 이불을 젖혔다. 윤은 숨을 헉 삼켰다. 범개의 왼쪽 무릎이 퉁퉁 부어 있었다. 색도 푸르딩딩하여 사람의 살 같지 않았다. 범개가 신음 소리를 내며 눈을 뜨더니 꺼질 듯한 목소리로 말했다.

"모대가 어제 집에 안 들어왔습니다. 모대를 못 보셨습니까?"

윤은 괴로웠으나 애써 침착하게 말했다.
“아저씨, 지금부터 제가 하는 말 놀라지 말고 들으세요.”
윤은 어제 있었던 일과 앞으로 하려는 일을 차분하게 말했다. 범개는 서럽게 엉엉 울었다.
“모대야! 내 아들아! 아비가 못나 일이 이 지경이 되었구나!”
처용은 범개의 등을 두드리며 진정시키려 애썼고 윤은 고개를 돌렸다.
“아저씨, 모대는 무주에 가서 잘 지낼 겁니다.”
처용의 말에 범개는 기진맥진한 채 중얼거렸다.
“다행이오. 그러니 나를 죽게 내버려 두시오. 모대 없이 살아서 무얼 하겠소. 죽어서 아라를 만나러 가렵니다.”
“살아서 빚을 갚아야지요.”
처용이 차갑게 대꾸했다.
“모대를 무주로 보내는 데 돈이 들었습니다. 제가 병을 낫게 해드릴 테니 일을 해서 빚을 갚으십시오. 많지는 않으니 조금씩 갚아나가면 됩니다.”
한참을 흐느끼던 모대 아버지는 이윽고 고개를 끄덕였다.
윤은 모대 아버지에게 살아갈 기운을 주기 위해 처용이 거짓말을 한다는 걸 깨달았다. 인술이란 무엇인가. 사람의 몸과 마음이 서로 이어져 있음을 아는 것이다.
처용은 해덕이 싸준 고기와 쌀로 죽을 끓였다. 온기와 고소한 냄새가 집 안을 채우니 윤도 한결 기운이 나는 듯했다. 죽을 다 끓인 처용은 위령선과 다른 약재를 절구에 빻아 조제했다.

윤은 범개에게 죽을 먹이며 처용을 눈으로 좇았다. 밖에선 짐승 울음과 바람 소리가 섞여 들려왔다. 바람 소리는 처용을 만난 바다로 윤을 데려갔다. 거친 바다, 작은 배 뜸막 속에 단둘만 오롯이 있는 기분이었다.

죽과 탕약을 먹고 상처를 소독한 범개가 잠들자 처용과 윤은 밖으로 나왔다. 긴, 긴 하루였다. 어느새 하늘에 별이 돋아나고 있었다. 윤은 처용을 두고 혼자 돌아갈 생각을 하니 제가 홀로 버려지기라도 하는 듯 외로운 마음이 들었다. 바보같이. 비보를 접한 것도 모자라, 호화로운 집에서 내쳐져 생전 겪어보지 못했을 거적집에서 지내게 된 사람은 처용인데.

"내 걱정은 마."

처용이 윤의 마음을 읽은 듯 부드럽게 말했다.

"오늘은 모두가 눈앞에서 굽신거리지만 내일은 어찌 될지 모르는 것, 그게 내가 살아온 세상이야. 어릴 때부터 아버지는 내게 늘 마음의 대비를 해야 한다 가르치셨어. 아버지는 잘 이겨내실 거야. 내가 슬퍼하는 건 아메드 외삼촌 때문이야. 그렇게 세상을 떠나실 줄이야. 믿을 수가 없어."

처용은 먼 하늘을 보았다.

"아직 배울 것도 많고 나눌 이야기도 많은데……. 외삼촌이 그리워."

처용의 눈에서 굵은 눈물이 떨어졌다. 처용의 마음은 돌처럼 단단한 것이 아니었다. 그저 참고 견디는 법을 남보다 일찍 익힌 것뿐이었다. 하늘엔 깨처럼 흩뿌려진 별들이 반짝이고 낮은 땅 어리는 어둠에 갇혀 몸을 뒤치고 있었다.

떠나는 사람들

가뭄과 불볕더위에 천지가 바짝바짝 타 들어가는 나날이었다. 마른벼락이 월성의 늙은 참나무를 태웠다.

윤은 아침 일찍 홍렴의 집으로 향했다. 가는 길에 잠깐 황룡사에 들르려 동시를 지나갔다. 계림약방은 언제 살인 사건이 일어났냐는 듯 전과 똑같은 모습이었다.

이방부엔 아버지 말고 좌사가 한 사람 더 있는데 윗사람 비위를 맞추고 몸을 사리면서 험한 일은 모조리 설치수에게 미루었다. 그런 사람이 상부의 지시를 받아 계림약방 살인 사건을 치수에게서 빼앗아 수사했다. 무슨 수사를 어떻게 했는지 모르나 이방부는 그 사건을 단순 강도 살인으로 처리했다.

흑치는 종적을 감추었다. 치수는 불타버린 산밭 근처에 부하를 오래 매복시켰으나 흑치는 나타나지 않았다. 장부 또한 찾지 못했다. 약방 점원들이 장부가 있음을 증언했으나 계림약방 내부를 이 잡듯이 뒤졌지만 어디서도 장부를 발견할 수 없었다.

"죄는 또 다른 죄를 통해 언젠가 드러나게 돼 있다."

설치수는 인내심이라면 둘째가라면 서러울 사람으로 이 일을 포기할 뜻이 없었다.

홍렴의 집 문을 두드리자 사복이 문을 열어주었다. 마당에는 창에 비단발을 친 화려한 마차가 대기하고 있었다.

"아가씨!"

집 안에서 모대가 뛰어나와 윤을 끌어안았다. 윤도 반가운 마음에 모대를 꼭 안았다.

"어디 보자! 뽀얘졌네."

"왜 한 번도 안 오셨어요? 기다렸는데."

모대의 눈에 눈물이 어룽어룽했다. 윤도 울컥했으나 애써 담담하게 모대의 머리를 쓰다듬었다.

"나도 보고 싶었어. 하지만 내가 이 집에 너를 보러오는 건 좋지 않아."

"저도 알아요. 사복 형님이 말해주셨어요."

"좋은 소식이 있어. 네 아버지가 많이 좋아져서 다시 걸으신단다."

"정말이요? 아가씨, 고맙습니다!"

윤은 웃으며 고개를 저었다.

"처용이 범개 아저씨를 낫게 한 거야. 나는 한 게 없단다."

"처용 님이 아버지를 돌봐주셔서 다행이에요. 처용 님은 좋은 분이에요."

윤은 모대를 꼭 안아주었다. 문득 눈길이 느껴져 고개를 드니 홍렴이 회랑 기둥에 기대어 윤을 보고 있었다.

윤은 다가가 예를 갖추어 절했다.

"화주님, 잘 지내셨습니까? 모대를 잘 보살펴 주셔서 감사합니다."

홍렴이 미소로 화답했다. 오랜만에 봐도 그 미려한 아름다움은 여전했다.

"이제 나를 화주라 부르는구나. 한 번쯤 국학에 올 줄 알았다."

말하는 눈빛이 홍렴답지 않게 조금 슬퍼보였다. 아무리 아닌 척해도 윤도 국학의 나날들이 그립지 않은 건 아니었다. 이제 그런 생각을 한들 무슨 소용이랴만…….

홍렴이 윤을 가만히 바라보았다.

"네가 어떻게 생각하는지 안다. 아니라고 부정하진 않겠다.

하지만 생각해보아라. 네 외할아버지가 왕이 되었다면 너의 어머니가 지금 무엇이겠느냐? 나와 함께 만인지상의 자리에 올라 세상을 가지고 싶지 않느냐?"

윤은 놀라 말문이 막혔다. 겨우 대답하는 윤의 목소리가 떨렸다.

"그런 생각은 꿈에라도 해본 적 없습니다."

홍렴이 나지막이 말했다.

"지금부터 생각해 보아라."

사복이 다가와 호위 병력이 도착했다고 알렸다. 윤은 놀라서 물었다.

"저희끼리 조용히 소풍놀이 가는 걸로 꾸민 게 아닌가요?"

홍렴이 싱긋 웃었다.

"이제 나의 길에 조용함은 존재치 않는단다."

윤과 모대가 마차에 타자 사복이 대문을 활짝 열었다. 밖을 보고 윤은 더욱 놀랐다. 완전 무장한 기마 병사들이 이십 명 넘게 도열해 있었기 때문이다. 윤은 얼마 전 화랑의 열병식을 성대하게 치른 것을 떠올렸다. 이제 홍렴은 허허실실 몸을 낮추던 모습에서 벗어나 당당한 왕의 후계자로 세상에 자신을 드러내고 있었다.

기마병들이 앞뒤로 호위한 가운데 마차가 출발했다. 마차는 이내 북궁 대로에 접어들었다. 황룡사 앞을 지날 때 윤이 모대에게 말했다.

"비마란타 스님에게 너의 축원 기도를 부탁드리고 싶어 오기 전 들렀었는데 아쉽게도 안 계셨단다. 이번엔 좀 오래 절을 비우시는구나. 바람처럼 구름처럼 오가는 분이라……."

모대가 아쉽게 고개를 끄덕이더니 물었다.

"우리 등, 아직도 나무에 달려 있을까요?"

"그럼. 있지."

"앞으로 초파일 연등제 때마다 아버지와 등 구경하자고 했는데……. 아버지가 혼자라도 황룡사에 가서 우리 등을 보았으면 좋겠어요."

모대가 애써 웃음 지었다.

"저 이두를 익히고 있어요. 무주에 가서 자리 잡으면 언젠가 아버지께 서신을 부치려고요."

윤은 마음이 먹먹해왔다.

마차는 북궁 대로를 따라 여유 있게 달려 활리 입구에 멈추어 섰다. 활리는 향아가 사는 동네이다. 좀 있으니 화려한 마차 한 대가 달려왔다. 향아와 창이 탄 마차였다. 행렬은 다시 움직이기 시작했다. 이 화려한 행렬의 목적은 여근곡 너머에 들놀이를 가는 것이었다. 물론 겉으로만 그렇고 진짜 목적은 모대를 금성 밖으로 데리고 나가 무주 땅에 데려다주는 것이었다.

마차 안엔 어린 탈옥수 모대가 있었지만 행렬의 분위기는 유쾌하고 한가로웠다. 홍렴 일행을 감히 검문하려는 수문장은 없어 관문도 수월하게 통과했다. 하지만 사복과 낭도들의 눈빛은 날카로웠다. 윤도 마음속으로 긴장을 늦추지 못했다.

여근곡을 지나 푸른 들판이 나오자 홍렴이 쉬어 가자고 명령했다. 마차를 타고 오는 동안 윤은 모대와만 얘기를 나누었고, 마차에서 내릴 때 잡아주려 홍렴이 내민 손을 못 본 체했다. 이런 일을 처음 당할 홍렴이 꽤 약이 오를 거란 생각을 하니 윤은 내심 만족스러웠다.

비 한 방울 내리지 않는 나날이었지만 작은 개울에는 맑은 물이 흘렀다. 병사들은 말에게 물을 먹이고 자신들도 배를 채웠다. 윤과 모대와 창과 향아는 아예 신을 벗고 물에 발을 담갔다. 넷이서 오랜만에 즐겁게 노니 신선놀이가 따로 없었다.

"모대야, 근 한 달 만에 밖에 나오니 정말 좋지?"

"예!"

윤이 다정하게 묻자 모대가 환하게 웃으며 대답했다.

"홍렴 오라버니가 너를 보고 있어."

물속에서 예쁜 돌을 건지던 향아가 윤에게 속삭였다.

고개를 든 윤은 나무 그늘에 앉아 자신을 보는 홍렴과 눈이 마주쳤다.

"홍렴 오라버니가 누군갈 저런 눈빛으로 보는 건 처음 본다."

향아가 홍렴을 향해 손을 흔들었다.

"어릴 적 홍렴 오라버니는 밝고 너그러웠어. 언젠가부터 진심으로 웃는 모습을 보기 힘들어졌지만……. 난 그래도 홍렴 오라버니가 다른 왕족들과는 좀 다르다고 생각해. 며칠 전 오늘 일로 의논하던 중에 지나가는 말처럼 그러더라. 네가 모대를 자신에게 데려와서 기뻤다고. 자신에게 너를 도울 힘이 있어서 좋았다고."

힘이 있어야 아끼는 이를 도울 수도 있다. 홍렴이라면 그렇게 생각하는 게 맞겠지. 윤은 창과 송사리를 잡으며 환하게 웃는 모대를 바라보았다. 자신과 처용이 아니었다면, 그리고 홍렴이 아니었다면 지금 이렇게 모대가 웃고 있진 못할 것이다. 윤은 모대가 그 사실을 잊지 않는 사람으로 자라주길 바랐다.

북쪽 산길에서 한 무리의 사람들이 내려왔다. 병사들이 빠르게 수비 대오를 갖추었다. 그들은 자신들을 향하는 창끝을 보고 놀라 웅성대며 멈추었다. 누렇게 뜬 얼굴에 솥과 보퉁이를 이고 지고 어린아이들을 매단 행색이 고향을 버리고 떠난 유민들 같았다. 그 가운데 흰 수염을 기른 노인이 다가왔다. 병사들이 창을 들어 길을 막았다.

"괜찮다. 놔 두어라."

홍렴이 이르자 병사들이 창을 겨눈 채로 두 걸음 뒤로 물러났다. 노인은 주름진 얼굴에 땀이 송골송골 맺힌 모습으로 홍렴에게 고개를 조아렸다.

"어디서 오는 길이오?"

"상주 땅에서 오는 길입니다. 지난해 역병이 돌아 젊은이들이 많이 죽고…… 올 가뭄엔 힘도 못 써보고 자식들을 굶겨 죽일 판이라 의논 끝에 무주 땅으로 가는 길입니다."

지치고 근심 가득한 표정이었지만 노인의 눈빛만은 한 무리를 이끄는 사람답게 지혜가 엿보였다. 윤은 그들이 외할아버지가 다스리는 무주로 간다는 말에 내심 반가웠다.

"우리도 무주로 가는 길이오. 호위해 주겠소."

홍렴의 말에 노인은 실망한 기색이 역력했다.

"갈 길이 먼데 어렵게 마련해 온 양식이 떨어져 갑니다. 아이들부터 먹이고 남는 걸 어른들이 나눠먹는데 간신히 허기만 면할 수준이라……. 염치 불고하고 먹을 걸 좀 얻어보려 했는데 저희처럼 먼 길 가신다니 이 많은 사람들 먹일 것도 부족하겠군요."

홍렴은 난감한 표정을 지었다.

"그렇소. 원래 병사들은 잘 먹여야 하는지라……. 그래도 얼마라도 나눠 드리겠소."

옆에서 조용히 듣고 있던 모대가 윤의 옷자락을 잡아끌었다. 사람들이 없는 곳으로 가자 모대가 말했다.

"아가씨, 저는 저 사람들을 따라가고 싶어요. 나 하나 때문에 이 많은 사람들이 무주까지 가지 않아도 되고, 그러면 남는 양식을 저들에게 주어도 되잖아요."

"모대야, 저 사람들은 오늘 처음 보는 사람들이잖니. 마차를 타고 가는 것도 아니고 걸어서 가야 하는데 잠자리도 불편하고 많이 힘들 거야."

모대가 빙그레 웃었다.

"아버지와 제가 금성 땅에 오기 전엔 저 사람들과 같은 처지였는걸요."

윤은 말문이 막혔다. 모대 부자도 여기저기 떠돌다 금성에 자리 잡은 유민이었다. 그래도 그땐 아버지와 함께였는데 이제 어린 모대 혼자 낯선 사람들과 낯선 땅으로 향할 것을 생각하니 가슴이 저려왔다.

윤은 모대에게 어머니의 반지가 담긴 주머니를 내밀었다.

"이걸 잘 가지고 있다가 무주에 도착하면 어머니의 이름을 대고 도독님과의 독대를 청해라. 도독님께서 잘 보살펴주실 거야. 내 꼭 너를 보러 가마."

홍렴과 노인이 있는 곳으로 돌아와 모대의 생각을 전하자 노인은 크게 기뻐했다.

"식량과 노자를 줄 것이니 아이를 무주 땅까지 잘 데려가 주십시오."

"아직 어린데 의젓하기도 하지. 우리 마을 사람들은 의리가 있고 은혜를 아는 사람들이니 걱정하지 마십시오. 아이를 잘 돌보겠습니다."

홍렴이 낭도 둘을 따로 불렀다.

"너희는 무주 땅에 이를 때까지 저들과 동행하면서 호위하라."

"모대야, 잘 지내라. 곧 보러 갈게."

창이 붉어진 눈시울로 모대와 작별을 나누었다. 사복과 병사들이 식량과 생필품을 유민들에게 골고루 나누어주었다.

모대는 몇 번이고 뒤돌아보며 사람들을 따라갔다. 해마다 아버지와 연등 구경을 하겠다던 모대는 아버지와 작별 인사도 나누지 못한 채 먼 길을 떠나간다. 눈물이 윤의 뺨을 타고 흘러내렸다.

홍렴이 다가와 윤 옆에 섰다.

"화주님, 세상을 가지자 하셨습니까? 왕에게 세상은 보듬고 보살피는 것이 아니라 가지는 것입니까?"

윤은 뜨거운 먼지 풀풀 날리는 들길을 걸어가는 사람들을 하염없이 바라보며 말을 뱉었다.

"화주님이 다스릴 나라에는 저들도 왕의 백성이었으면 좋겠습니다."

홍렴은 아무 대꾸도 못하고 멀리 떠나는 사람들을 보았다. 윤은 눈물을 닦고 돌아갈 채비를 했다.

❀

처용의 환자가 나날이 늘어 모대네 집 바로 옆에 새로 집을 지었다. 마을 사람들이 제 일처럼 일손을 보태서 순식간에 뚝딱 지었다. 윤이 오는 시간이면 처용은 늘 환자를 보고 있었다. 범개는 물이라도 길으러 갔는지 보이지 않았다.

하루 세 번 위령선과 함께 처용이 조제한 약재를 달여 먹고 스무 날 만에 일어난 범개는 이제 처용에게 없어선 안 될 사람이었다. 눈썰미가 있고 부지런하여 약재를 말리고 분류하고 잘게 자르고 달이며 불을 지피는 등 큰 힘이 되었다. 그 일들은 범개가 건강을 회복하는 데도 큰 힘이 되었다.

새집은 입구가 넓고 담이 낮았는데, 윤은 늘 바로 들어가지 않고 밖에 서서 안을 보았다. 처용이 환자를 보는 모습을 지켜보는 게 좋았다.

"어디가 아파 왔느냐?"

처용이 미소 띤 얼굴로 어린 환자에게 말을 걸고 있었다. 그 모습이 제법 의원다웠다.

"배가 아픕니다."

아이가 힘없이 말했다.

"내가 배를 눌러 볼 테니 더 아픈 데가 있으면 말해라."

"아, 배꼽 아래가 특히 아픕니다."

"요즘 먹는 것을 말해 보아라."

"가뭄 때문에 어머니가 종일 논에 물을 대는 품 일을 나가세요. 그래서 들어오실 때까지 먹질 못해요. 말린 뽕잎이 있기에 차를 우려서 배를 채웠어요."

"손발이 찬 사람에겐 뽕잎이 좋지 않단다. 아침에 일어날 때 어지러우냐?"

"예."

처용은 약장에서 이것저것 약재를 꺼낸 뒤 나누어 종이에 쌌다.

"이것을 물 다섯 그릇을 넣고 달여서 아침저녁으로 먹어라. 차는 당분간 마시지 말고 미음을 끓여서 오늘은 그 물만 마시고, 내일은 푹 끓인 밥알까지 꼭꼭 씹어 조금씩 먹어라. 밥은 못 지어도 미음은 끓일 수 있겠지?"

"예."

아이가 고개를 끄덕였다.

"하지만 쌀이 없는걸요."

처용은 일어나 쌀독에서 쌀을 한 됫박 꺼내 아이에게 건넸다.

"하지만 저는 드릴 게 없어요."

"앞으로 사흘 동안 우물에서 물을 길어다 주면 약값으로 셈하겠다."

"감사합니다. 의원님! 제 이름은 몽돌이에요. 돈이 생기면 꼭 갚을게요!"

몽돌이 안으로 들어오는 윤에게 고개를 꾸벅 하고는 나갔다.

"의원님, 좀 쉬셔야죠. 무더위에 의원님이 병나실 거 같습니다."

윤의 말에 처용은 빙그레 웃으며 고개를 끄덕였다.

"오는 유둣날에 아랫마을에서 씨름 대회를 하는데 그날은 쉬려 해. 함께 구경 가자."

범개가 삭정이 땔감을 지고 들어오며 윤에게 일러바쳤다.

"처용 공자님은 몸을 돌보지 않으세요. 약재를 연구한다고 이것저것 섞어 드시다 탈이 난 적이 한두 번이 아닙니다. 며칠 전에도 밤새 열이 나 앓았답니다."

윤은 처용을 힘껏 노려보았다. 처용은 윤의 눈길을 피하며 변명했다.

"독과 약은 한 끗 차이라 그랬잖아. 열이 나게 하는 독성도 누군가에겐 약이 될 수 있어. 굽거나 삶아서 독을 중화시키고 아주 소량만 다른 약재와 배합해 쓰니까 큰 문제는 없다."

"당나라에 가실 때 신라의 약재들을 가져가고 싶으시답니다. 토양이 달라 약효도 다르다네요."

범개가 거들었다. 당나라, 당나라! 그 듣기 싫은 이름에 윤은 눈썹을 찡그렸다.

"흥, 신농씨 납셨네! 독초 먹다 아주 불사의 신선되시겠어."

윤이 심통 맞게 뇌까리는데 밖이 시끌시끌했다.

"여기에요! 여기! 이 집이 의원님 집이에요!"

약값 대신 물을 길어오기로 한 아이, 몽돌이 싱글벙글 웃으며 사복을 데리고 들어서고 있었다.

"의원님! 손님이 오셨어요!"

울타리 밖에 쌀가마며 장독이며 비단 따위를 그득 실은 수레를 마을 사람들이 에워싼 채 웅성대고 있었다. 마을에서 처음 보는 화려한 마차와 재물이라 길 들어서면서부터 구경꾼들이 꼬였을 터였다. 윤이 어리둥절해서 사복과 수레를 번갈아 보는데 사람들을 헤치고 가마꾼 넷이 가마를 들고 들어왔다. 사복이 손짓하자 호위 병사들이 울타리를 막아섰다. 가마에서 홍렴이 나왔다.

윤이 너무 놀라 멀뚱멀뚱 홍렴을 보다가 겨우 입을 떼었다.

"여긴…… 어떻게 오셨어요?"

어리와는 전혀 안 어울리는 남자가 매끄러운 비단 장포를 입고 어색하게 서 있었다. 날이 더워서인지 홍렴의 뺨이 조금 붉었다. 윤 또한 황망하여 어찌할 바를 몰랐다. 그만큼 홍렴의 어리 방문은 생각지도 못한 사건이었다. 그런 윤과 홍렴을 처용이 묘한 표정으로 보았다.

홍렴은 대답 대신 사복을 돌아보며 눈짓했다. 사복이 수레를 울타리 안으로 들어오게 했다. 병사들은 수레에 실린 물건들을 내려놓기 시작했다.

"이, 이게 다 무엇입니까?"

윤이 묻자 홍렴이 짐짓 덤덤하게 대꾸했다.

"여기, 필요한 것이 많을 듯하여."

홍렴이 다시 사복에게 눈짓하자 사복이 윤에게 다가와 두툼하고 네모진 보자기를 내밀었다. 윤은 머뭇거리며 물었다.

"이것이…… 뭡니까?"

"당나라에서 들어온 약초서 『신수본초』와 우리 토종 약초를 정리한 책입니다. 필사본이긴 하나 신라로 귀화한 백제 왕족이 지니고 있던 책이니 백 년도 더 된 아주 귀한 책들입니다. 소중히 하십시오."

윤은 뛸 듯이 기뻐하며 홍렴을 안았다가 화들짝 놀라 뒤로 물러났다. 윤은 보자기를 덥석 받아 처용에게 건넸다. 처용은 선뜻 받지 못했다.

"어서 받아. 네가 그토록 갖고 싶어 하던 책들이잖아!"

윤의 재촉에 처용은 책보자기를 받아들었다. 책을 보는 눈길과 책보자기를 쓰다듬는 손길이 하냥 애틋하여 윤은 가슴이 뭉클했다.

윤은 감격한 눈으로 홍렴에게 큰절을 했다.

"이런 귀한 걸 주시다니 참으로 감사합니다."

이 순간 두 사내의 마음은 복잡했다. 자신이 준 것을 바로 처용에게 건네며 기뻐하는 윤을 보는 홍렴의 마음. 홍렴이 윤을 위해 가져온 것을 받는 처용의 마음.

사복과 부하들이 눈치껏 물러나고 처용은 범개의 손에 끌려 마지못해 집 안으로 들어가서, 마당에 홍렴과 윤 두 사람이 남았다.

"모대가 떠나던 날 네가 한 말이 내내 마음에 맴돌았다. 왕이 되기 위해 버티며 살아왔다. 어떤 왕이 될지, 왕이 되면 무얼 할지, 숱한 날을 그리며 꿈꾸었다. 허나 그날…… 내가 놓치고 보지 못하는 것도 많았겠구나 하고 깨달았다."

홍렴의 진심이 윤의 마음에 와닿았다. 그날 서러운 마음에 주제넘은 소리를 한 거 같아 부끄러웠다.

"좋은 왕이 되실 거예요. 스승님은……."

저도 모르게 스승님이라 부르고 윤은 얼굴을 붉혔다. 홍렴이 빙그레 웃더니 말을 이었다.

"윤아, 국학에 나오너라. 독서삼품과를 치르지는 못하겠지만 보경각에서 마음껏 책을 읽어라. 내가 눈여겨봐 둔 제자들이 몇 있다. 함께 강경할 자리를 만들어주마."

윤의 대답을 기다리지 않고 홍렴이 돌아섰다. 문 앞에 서 있던 사복이 황망히 뒤따르며 속삭이는 소리가 들려왔다.

"아니, 이대로 가십니까?"

"이대로 아니 가면?"

"윤을 데려가러 오신 게 아닙니까?"

"바보 같은 소리."

"차라리 제가 조용히 방해물을 없애는 게 빠르겠습니다."

"닥쳐라."

유둣날, 액을 막아주는 구슬을 색실로 꿴 팔찌를 두 개 사 들고 윤은 어리로 향했다. 처용과 하나씩 나눠 낄 생각이었다. 처용이 자리에 없어 느긋이 기다리고 있는데 몽돌이 숨을 헉헉대며 달려 들어왔다.

"때맞춰 오셨네! 아가씨, 빨리 가요. 빨리!"

몽돌이 빨갛게 달아오른 얼굴로 소리쳤다.

"의원님이 씨름 대회에 나갔어요. 곧 장사 자리를 놓고 지난해 으뜸 장사랑 붙는다고요. 어서 가세요, 어서!"

처용이 씨름 대회엘 나갔다고? 윤은 깜짝 놀라 몽돌이 이끄는 대로 아랫마을 절 마당으로 달려갔다.

사람들이 씨름판을 겹겹이 에워쌌는데 낯이 익은 어리 아이들도 꽤 보였다. 모두 잔뜩 흥분한 얼굴이었다. 어리 아이들은 처용을 어리 사람으로 여겼다.

"의원님이 씨름 기술은 좀 부족해도 날래고 힘도 세요! 제가 다 봤어요!"

몽돌이 눈을 반짝이며 외쳤다.

윤은 꼭 쥔 주먹에 땀이 차기 시작했다. 마지막으로 맞붙을 두 사람이 웃통을 벗은 채 씨름판으로 올라왔다. 지난해의 장사는 거구에 가슴이 황소처럼 두꺼운 남자였다. 처용 또한 군살 하나 없는 몸이 돌처럼 단단해 보였다.

둘이 마침내 바지춤을 부여잡고 힘쓰기 시작하자 좌중이 일시에 조용해졌다. 절 마당에 긴장감이 가득했다. 씨름 기술로는 상대가 우위였지만 처용은 힘과 순발력으로 밀리지 않는 호각지세였다. 처용이 연신 밀어붙이자 상대가 씨름판 끝으로 밀리기 시작했다. 처용이 상대를 들어 메치려는 순간 거의 넘어갈 듯하던 상대가 순식간에 기술을 써서 발다리를 거는 바람에 처용이 두 사람의 무게를 떠안고 뒤로 넘어가고 말았다. 윤은 너무 아깝고 억울해 소리를 질렀다. 탄식이 관중들 속에서 터져나왔다. 처용을 응원한 사람이 윤만은 아니었던 모양이었다.

이긴 사람은 사방을 향해 포효하고 처용은 그대로 주저앉은 채 고개를 떨구었다. 윤은 울먹이는 몽돌을 달랜 뒤 처용에게 다가갔다.

"잘했다. 거의 이길 뻔했는데."

윤은 부러 밝은 목소리를 냈다. 처용은 소를 타서 기뻐하는 승자를 분한 눈길로 노려보았다. 아이처럼 실망하고 분해하는 처용의 모습을 처음 본 윤은 저도 모르게 미소 지었다.
"소가 그렇게 타고 싶었어?"
"소를 받으면 팔아서 네가 원하는 걸 사주려고 했는데."
처용이 땅을 노려보며 나직이 내뱉었다.
"난 네게…… 줄 수 있는 게 없잖아."
윤은 가슴이 덜컹했다. 수레 가득 바리바리 싣고 들어서던 홍렴 때문이구나.
'네가 책을 받고 기뻐하니 나도 좋았던 것인데.'
윤은 저도 모르게 땀이 송골송골 맺힌 처용의 뺨에 입을 맞추었다. 처용의 얼굴이 홍시처럼 시뻘게졌다.
"왜 줄 게 없어. 소를 상으로 주면 되지."
"졌는데 어떻게 줘."
"내년에도 씨름 대회는 하잖아. 그땐 꼭 이겨서 소를 타 줘. 그다음 해에도, 또 그다음 해에도. 언제까지나 신라에, 내 옆에 있어라. 그게 내가 원하는 거야. 다른 건 아무것도 필요 없어."
윤의 얼굴도 붉게 달아올랐다. 여전히 붉은 얼굴로, 처용이 잠자코 고개를 끄덕였다.
윤은 구슬 팔찌를 꺼내 처용의 손목에 묶어주었다. 처용도 윤의 손목에 남은 팔찌를 묶었다. 윤은 처용의 두 손을 잡아 일으켰다.
"가자. 유둣날엔 냇가에서 액운을 씻어내야 해. 가자!"

둘은 손을 꼭 잡고 북천을 향해 달렸다. 바람을 가르며 달리는 모습이 두 마리 호랑이 같았다.

기괴한 기우제

유둣날로부터 사흘 뒤에 황룡사에서 기우제가 열렸다. 백성들이 구름처럼 모여든 가운데, 대소 신료들이 차례로 도착을 알렸다. 뭐에 또 심사가 뒤틀렸는지 왕이 친히 행차하는 기우제인데도 상대등은 나타나지 않았다.

이윽고 어가 행렬이 들어왔다. 화주 홍렴이 이끄는 화랑들이 대오를 갖추어 절도 있게 행군해 왔고 왕과 왕후를 태운 크고 화려한 가마가 뒤따랐다. 왕은 피곤해 보였고 왕후는 반항적이면서도 나른한 표정으로 턱을 치켜들고 있었다. 시위부 병사들과 시녀들이 가마를 따라 들어왔다.

절 안팎에는 이날 경호의 총책임을 맡은 이방부의 관졸들과 금군의 병사들이 삼엄한 경호를 펼치고 있었다.

수업이 없는 창은 향아와 나들이를 갔고 윤만 혼자 황룡사에 왔다. 비마란타 스님은 이날도 절에 없었다. 하긴 이런 날이니 더욱 자리를 비운 건지도 모르지만.

윤을 발견하고 미소 짓는 홍렴을 향해 윤은 입을 꾹 다물고 째려주었다. 홍렴은 싱긋이 웃더니 윤에게 다가왔다.

"왜 뿔이 난 거냐?"

"몰라서 물으십니까? 저에게 미행을 붙이셨잖아요."

홍렴이 진지한 표정으로 말했다.

"미행이 아니라 지키는 것이다."

양상이 도포 자락을 휘날리며 허위허위 달려왔다. 거북이 같은 모습은 여전했으나 얼굴엔 수심이 가득했다.

"화주, 폐하께서 곧 왕후의 회임 축하연을 성대하게 여신다 하오."

"폐하께 들었습니다."

"그래, 가만히 듣고만 계셨단 말이오? 왕후가 회임한 것을 이미 모르는 대소 신료들이 없소. 그들에게 중요한 게 무엇이겠소? 그게 누구의 아이냐가 아니라 왕의 아이로 인정받느냐 마느냐는 것이요. 폐하께서 친히 회임 축하연을 열면 화주에게 가장 큰 독이 될지 몰라서 그러시는 거요?"

"폐하께선 화평을 위해 그리하시려는 것입니다. 아이를 받아들이지 않으면 어떤 일이 벌어지겠습니까? 다시 한 번 피비린내가 진동할 것입니다. 시중, 폐하께선 건강이 좋지 않으십니다. 오래지 않아 저에게 왕위를 선양하려 하십니다."

양상은 침통한 얼굴로 고개를 저었다.

"폐하께선 두려우신 거요. 나는 폐하를 잘 아오."

양상은 차마 뒷말을 잇지 못하고 입을 다물었다.

윤은 한숨을 폭 쉬었다. 어째서 이들은 이런 이야기를 내 앞에서 한단 말인가. 하기야 이들의 눈엔 내가 하찮아서 보이지도 않겠지.

윤은 슬금슬금 물러나 아버지가 서 계신 곳으로 갔다. 딸을 본 설치수는 부하에게 구경하기 좋은 자리를 마련해주라 일렀다. 이미 드넓은 절 마당은 막 불을 지피기 시작한 찜솥처럼 후끈거리기 시작했다. 윤은 벌써부터 지루해져서 틈을 보아 달아날 궁리를 했다.

푸른 용 그림을 펼치고 무당이 의식을 거행한 후, 왕이 제단 앞에 꿇어 앉아 하늘을 향해 절하며 자신의 부덕을 사죄했다. 하늘이 자신을 벌하고자 한다면 벼락을 내리시고 아니라면 백성을 가엾게 여겨 부디 비를 내려 달라 빌었다.

그때였다. 새파란 하늘에서 불이 번쩍하더니 굉음이 허공을 찢었다. 사람들이 귀를 틀어막으며 위를 올려다보았다. 황룡사

탑 꼭대기 난간이 불타올랐다. 낙뢰가 황룡사 탑을 내리친 것이다.

왕의 얼굴이 하얗게 질리고 눈에 공포가 어렸다. 그런 왕을 비웃듯 불에 타 부서진 난간이 마당으로 떨어졌다. 다음 순간 활활 타는 허수아비 같은 것이 꽝! 지축을 울리며 바닥으로 추락했다.

그것은…… 불타는 시신이었다.

비명 소리와 함께 황룡사 마당은 일순 혼란의 도가니에 빠졌다.

"폐하를 지켜라!"

홍렴이 검을 빼들고 소리쳤다.

건장한 시위부 대두들이 일거에 왕을 에워쌌다. 홍렴은 겉옷을 벗어 혼비백산한 왕의 어깨에 둘러주었다. 설치수는 제단 앞에 깔려 있던 두꺼운 융단으로 시신에 붙은 불을 두드려 껐다. 홍렴은 양상을 불러 머리를 맞대더니 좌중을 향해 선포했다.

"오늘의 기우제는 뒤로 미루겠소! 현장을 보존해야 하니 모두 신속히 황룡사를 떠나시오!"

설치수의 지시하에 병사들은 대소 신료들을 먼저 안전하게 밖으로 내보냈다. 백성들이 뒤이어 구름처럼 절을 빠져나갔다. 치수는 부하들을 탑에 올려 보내 불을 끄고 현장을 살피도록

했다. 이 모든 일들이 순식간에 일어났다.

왕이 어느 정도 안정을 취하자 홍렴은 왕과 왕후의 가마를 호위해 절을 떠났다. 스쳐 지나면서 홍렴은 장승이 된 것처럼 꼼짝 않는 윤을 흘끗 보았다. 윤이 충격을 받았을까 걱정하는 기색이었다.

"내가 돌아올 때까지 어디 가지 말고 있어라."

홍렴이 작은 소리로 말했다. 윤은 힘없이 고개를 끄덕였다.

금성 백성들에게 황룡사는 성스러운 곳이었다. 윤에게도 당연히 황룡사는 각별했다. 그런 황룡사에서, 그것도 왕과 대소 신료와 만백성들이 모인 대낮에 이런 말도 안 되는 일이 일어난 것이다. 눈앞에서 벌어진 기이하고 끔찍한 일에 윤은 귀신에 홀린 듯했다.

"좌사 나리, 불은 껐습니다."

탑에서 내려온 가실이 설치수에게 보고했다.

"살인을 저지른 자는 보이지 않았습니다."

"있을 리 없지. 죽은 지 한참 된 시신이다."

설치수가 건조하게 대꾸했다.

죽은 지 한참 되었다고? 그런 시신이 이 황룡사 탑 위에 있었다고? 윤은 오싹 소름이 끼쳤다.

"떨어져 나간 난간 앞쪽 누마루에서 시신에서 흘러나온 얼룩을 발견했습니다. 얼룩의 크기로 보아 시신이 앉은 채로 난간에 묶여 있었던 것 같습니다."

"그럼 살인이군."

설치수는 주지를 비롯해 근처에 서성이던 스님들을 가까이 오게 했다.

"아는 이인지 살펴주시오."

설치수가 시신을 덮어 놓은 천을 걷어치웠다. 시신의 형상은 끔찍했다. 불에 탄 부위는 옷과 드러난 살이 검게 그을려 있었고, 머리와 손발은 말라 죽은 지 오래된 사막의 나무처럼 쪼그라들고 거무튀튀했다. 서역의 메마르고 뜨거운 땅에선 사람이 죽어도 썩지 않고 저리 변한다는데…….

"이런 날씨에 탑 꼭대기에 오래 방치되어 알아보기 힘들 것이오. 잘 살펴보시오."

알아보기 힘들다 해도, 승려의 장삼과 머리털 한 올 없는 민머리까지 몰라볼 수는 없었다.

"절에서 안 보이는 스님은 비마란타 스님 한 분뿐입니다."

젊은 스님 중 하나가 울먹이며 말했다. 주지는 뚫어지게 시신을 내려다볼 뿐 말이 없었다.

윤은 갑자기 무릎이 후들거렸다.

"비마란타 스님은 지금 외유 중이세요! 문지기가 제게 그리 말했어요! 확인해 보세요!"

소리치는 윤을 모두 뜨악한 얼굴로 보았다. 아니다. 키도 더

작았다. 비마란타 스님일 리가 없다.

"좌사 나리, 임시 검안소를 설치했습니다."

가실이 보고했다. 피살된 시신은 보통 두 차례의 검안이 실시될 때까지 범죄 현장 가까이에 그대로 보존하는 것이 관례였다. 시신을 임시 검안소로 실어갈 수레가 왔다. 병사들 몇이 찝찝한 얼굴로 시신을 들어 수레에 싣는데 무언가 땅바닥으로 툭 떨어졌다. 윤의 눈길이 그것에 가닿았다.

윤은 그게 무언지 단박에 알아보았다. 하미과를 가져간 날, 윤에게 주려고 비마란타 스님이 깎고 있었던 나무 조각상.

"아악!"

윤의 절규가 황룡사 마당을 뒤흔들었다.

❀

비마란타 스님의 처소 마당으로 임시 검안소와 수사실 막사가 옮겨졌다. 왕과 왕후를 안전하게 입궁시키고 돌아온 홍렴은 달려온 수하에게 시신의 정체가 비마란타 스님이라는 보고를 받았다. 홍렴은 굳은 얼굴로 막사로 향하다 돌계단에 웅크린 윤을 발견했다. 홍렴의 얼굴에 안도의 빛이 떠올랐다.

"……괜찮으냐?"

윤이 눈물로 뒤범벅된 얼굴을 쳐들었다.

"폐하께서 나에게 네 아버지와 함께 사건을 철저히 조사하라 명하셨다."

홍렴 딴에는 위로의 뜻으로 한 말이었다.

"저를 데려가 주십시오. 아버지가 저를 못 들어오게 합니다."

윤이 잠긴 목소리로 중얼거렸다.

"제게 주신 하미과를 탑 꼭대기에서 스님과 나눠 먹었습니다. 하늘이 파랗고 참 맑은 날이었습니다. 그게 마지막입니다……. 아무리 생각해봐도 이해가 되지 않습니다. 대체 누가? 왜?"

윤의 목소리가 차츰 격해졌다.

"알아야겠습니다. 밝혀내고야 말 것입니다. 저를 데려가 주십시오."

홍렴이 담담히 대꾸했다.

"알았다."

홍렴이 윤을 데리고 막사로 들어오자 설치수가 엄한 눈길을 윤에게 던졌다.

"폐하께서 내게 좌사를 도와 사건을 수사하고 그 과정에서 불충한 일은 없는지 감찰하라 엄중히 명하셨소. 폐하의 충격과 상심이 크오. 성심을 다해 진상을 낱낱이 밝히고 잔악무도한 살인자를 반드시 잡아야 할 것이오."

설치수는 예를 갖추어 왕의 뜻을 받들었다.

홍렴이 말을 이었다.

"이 아이는 영민한데다 비마란타에 대해서 잘 아니 내 부관으로 삼겠소. 폐하께서 검안을 위해 어의를 보내실 것이오. 이방부에도 검시관이 있음을 잘 아나 검안의 신뢰성을 더욱 높이고 싶어 하시오."

설치수는 윤을 흘깃 보곤 홍렴을 향해 차분하게 대답했다.

"알겠습니다. 이방부에서도 한 사람 불렀으니 도착하는 대로 검안 절차에 들어갈 것입니다."

이방부도, 궁도 서로 믿지 못하는 것이었다. 반 시진 뒤 홍렴은 또 한 사람의 참관의가 윤이 추천했을 처용임을 알았다. 어의도 뒤이어 도착했다.

"윤아."

처용이 급히 윤에게 다가오며 걱정 가득한 표정으로 불렀다. 한동안 말을 잇지 못하던 윤은 겨우 처용에게만 들릴 정도로 속삭였다.

"궁금한 점들이 있어. 일러줄 테니 검안하는 동안 잘 살펴봐줘."

처용은 윤이 쥔 제 손을 풀어 윤의 손을 감싸쥐었다.

"알았어. 너는 그동안 좀 쉬어. 안색이 말이 아니야. 심이 갑자기 상하면 몸도 상한다."

윤은 망연히 고개를 주억거렸다. 하지만 수많은 생각이 들끓

어서 도저히 쉴 수가 없는 윤의 마음이었다.

어의가 말했다.

"시신의 상태에 대해 듣고 법물을 준비해왔습니다. 먼저 시신을 부드럽게 풀어주어야 하니 숯과 물과 시신을 덮을 얇은 종이를 준비해 주십시오."

설치수는 가실에게 그것들을 준비하라 지시했다.

바짝 마른 시신은 상흔을 제대로 살피기 어렵다. 그런 경우 숯을 깔고 그 위에 얇은 베를 덮은 후 시신을 올린다. 다시 베를 덮은 후 물을 두루 뿌려 반 시진가량 두면 시신이 부드러워진다. 그때 준비한 약품을 잘 개어 시신에 바르고 다시 종이를 붙여 두면 상흔이 선명히 드러나게 된다.

검안의들이 막사를 나가자 설치수는 남문을 지키는 문지기를 데려오게 했다. 불려온 문지기를 앉힌 후 심문을 시작했다.

"비마란타 스님은 늘 남문으로 출입하였다는데 맞느냐?"

치수의 물음에 문지기는 고개를 끄덕였다.

"그렇습니다요. 그래서 절의 주지 스님도 비마란타 스님이 절에 계신지 아닌지 제게 늘 묻곤 했습니다요."

치수는 윤을 가리키며 문지기에게 누군지 아느냐고 물었다. 문지기는 고개를 끄덕였다.

"이 아이가 비마란타 스님을 마지막으로 본 것이 사월 중순 경이라 했다. 맞느냐?"

"예."

"그 뒤로는 본 적이 없으며 유월 초에 다시 절에 들러 스님을 만나기를 청했으나 네가 출타 중이라 말했느냐?"

"그렇습니다요."

"비마란타 스님이 언제 마지막으로 절을 나섰는지 기억하느냐?"

문지기가 고개를 주억거렸다.

"오월 열하루나 이틀일 겁니다요. 그 무렵 계림약방 일로 시끄러워 기억합니다."

"그리곤 다시 돌아오지 않았다고?"

"예."

설치수가 탁자를 내리쳤다.

"그게 말이 되느냐? 비마란타 스님은 오늘 이곳 황룡사 탑에서 떨어졌다. 또한 열반하신 지 오래된 시신 상태였고! 네 말대로 그날 절을 나가 돌아오지 않았다면 어찌 그럴 수 있느냐? 스님의 시신이 밖에서 들어오기라도 했다는 거냐? 물고를 당해봐야 바른말을 하겠느냐?"

문지기는 겁에 질려 이마를 땅에 찧으며 거듭 말했다.

"소인은 본 대로 말씀드리는 것뿐입니다! 추호도 거짓이 없습니다요!"

가만히 듣고 있던 윤이 앞으로 나섰다.

“아버지, 아니 좌사님. 비마란타 스님의 시신이 절 안에서 발견되었는데 문지기는 스님이 절을 나가는 모습을 보았다는 말은 이치에 닿지 않아 오히려 거짓말이라 보기 어렵습니다. 왜 이치에 닿지 않는 말로 스스로 의심을 사겠어요?”

“일리가 있긴 하나.”

치수가 말했다.

“시신이 있던 장소로 미루어 스님이 밖에서 죽임을 당한 후 절 안으로 옮겨졌다고 보기도 어렵다. 일단은 판단을 미루고 현장에 올라가 보시지요.”

치수의 마지막 말은 홍렴을 향했다. 홍렴은 고개를 끄덕였다.

“여봐라. 이 자를 일단 가두고 잘 감시해라.”

가실이 앞장서고 설치수와 윤, 홍렴과 사복이 뒤를 따랐다. 목탑 주위엔 말뚝을 박고 금줄을 쳐놓았다. 계단을 하나씩 오를수록 윤은 씩씩하게 앞장서던 비마란타 스님의 뒷모습이 어른거려 고통스러웠다.

탑 꼭대기에 이르렀다. 벼락이 떨어진 난간은 타고 부서진 그대로 있었다. 불붙은 시신이 추락한 금당 앞마당이 까마득히 내려다보였다. 머리가 어질거려 한 발 물러서자 눈앞이 흐려지며 다시 그날의 모습이 나타났다. 흰 구름이 몽실대는 파란 하늘, 하미과의 달콤한 냄새, 비마란타 스님의 다정한 미소. 어제 일처럼 생생한데 정녕 다시는 스님을 만날 수 없단 말인가.

"여기에 스님이 묶여 있었던 듯합니다."

가실이 가리키는 누마루에 거무스름하게 바랜 얼룩은 그날의 참혹함을 전해주고 있었다.

"시신을 숨길 생각이 없었던 것 같습니다. 이렇게 오래 발견되지 않은 건 우연이 겹친 탓이지요. 용의자로 지목될 위험이 없는 인물이 살인을 저질렀다는 뜻이 되겠지요."

치수의 말에 홍렴이 고개를 끄덕여 동의했다.

"제 생각은 조금 달라요."

윤이 말했다.

"올라오며 느끼셨겠지만 목조 계단을 오를 때 소리가 커서 먼저 올라와 있던 사람에게 들키지 않을 수가 없습니다. 함께 올라온 것입니다. 스님은 이곳을 무척 사랑하는 듯했어요. 평소 친분이 있지 않고선 여기 함께 오르지 않았을 겁니다."

치수와 홍렴의 얼굴이 자못 심각해졌다.

"네 말이 일리가 있으나 가까운 이와 다툼 끝에 죽임을 당하는 일은 스님의 평소 성품으로 보아 믿기 어렵지 않느냐. 게다가 이곳을 자주 드나든 이라면 절 사람들도 낯익은 사람이 있을 터인데."

치수의 말에 모두 입을 다물고 생각에 잠겼다

그날, 여기서 대체 무슨 일이 일어난 것일까.

"시신이 오래 햇볕 아래 방치되어 있었고 무참히 벼락을 맞아 검험하기 쉽지 않았습니다. 여러 가지 법물을 이용해 검험을 시행했습니다."

막사로 들어온 검안의가 보고했다. 처용도 어의도 지쳐보였다.

"시신의 직접적인 사인은 무엇인가?"

설치수가 물었다.

"목의 후골 아래쪽을 칼로 깊이 찔린 상처입니다. 자상의 깊이와 형태로 보아 날카로운 단검으로 단번에 찔렀습니다."

"그 외의 상처는 없는가?"

"고문의 흔적이 있습니다."

"고문이라?"

"뒤통수에 단단한 것으로 맞아 터진 상처가 있고 양손도 뒤로 묶여 있었습니다. 아마 무언가로 뒷머리를 가격당한 뒤 잠시 기절한 사이 난간 기둥에 손을 묶인 것 같습니다. 그밖에 몸에 자상이 여러 군데 있는데 깊이가 1~2푼으로 깊지 않아 고문의 의도로 행해진 걸로 사료됩니다."

"고문을 행하고 마지막으로 목을 찔러 단숨에 죽였다?"

설치수가 확인하듯 물었고 검안의가 고개를 조아렸다.

막사 안에 침통한 침묵이 감돌았다.

"고문이란 모름지기 무언가 캐낼 것이 있을 때 행하는 것이 아닌가. 모를 일이로다."

홍렴이 말했다. 윤이 작은 목소리로 처용에게 물었다.

"스님이 늘 입는 푸른 장삼을 입고 계셨어?"

"두건 달린 장삼 말이지? 아니, 그냥 속에 입는 가사만 입고 계셨어."

윤이 아버지를 불렀다.

"문지기를 불러주십시오. 묻고 싶은 것이 있습니다."

끌려온 문지기는 잠시 갇혀 있었을 뿐인데도 얼굴이 사색이 되었다. 윤이 차분하게 물었다.

"스님이 나가는 걸 보았다고 한 날, 스님의 얼굴을 똑바로 보셨나요?"

문지기는 당혹스러운 표정을 짓더니 고개를 저었다.

"늘 두건을 깊숙이 쓰고 오가셨기에……."

"평소에 늘 입으시는 푸른 장삼을 입고 계셨지요?"

"예. 늘 입으시는 장삼을 입고, 늘 메시는 바랑을 메고 계셨지요. 바랑이 묵직하기에 이번엔 외유가 길어지려나 보다 생각했던 것도 기억납니다. 그래서 오래 안 보이셔도 별생각을 안 했지요. 예전에도 그런 적이 있었으니까요."

윤이 생각에 잠긴 눈으로 문지기를 보았다.

"비마란타 스님은 키가 크시잖아요. 그날 장삼을 입고 두건을 쓴 이도 스님처럼 키가 컸겠지요?"

문지기는 입을 멍하니 벌리고 윤을 바라보더니 혼란스러운 표정으로 중얼거렸다.

"황룡사엔 비마란타 스님만큼 키가 큰 스님이 없습니다요……."

윤이 돌아보니 아버지 치수도, 홍렴도, 처용도 무언가를 깨달은 듯한 표정을 하고 있었다.

문지기는 그날 스님의 얼굴을 보지 못했다. 스님의 옷과 스님의 바랑을 메고 스님과 비슷한 체격을 가졌기에 스님이라 믿었을 뿐이다.

윤은 이 일을 캐나가려면 이제 믿음의 땅에서 벗어나 의심의 땅으로 들어가야 한다는 걸 분명히 깨달았다.

"스님의 처소를 봐도 될까요?"

윤이 아버지에게 허락을 구했다.

"방을 뒤진 흔적이 있었다."

처소로 가기 전 치수가 윤에게 한 말이었다.

막사가 스님 처소의 마당에 설치되었으므로 몇 걸음만 걸으면 되었다. 막사를 나오니 회화나무에 걸린 모대의 빛바랜 연등이 눈에 들어왔다.

방 안은 한눈에 봐도 누군가 뒤진 흔적이 뚜렷했다. 보료가 젖혀지고, 책상이 뒤집혔으며 반닫이장이 활짝 열려 있고 안에 있던 옷가지와 자개함 등이 방바닥에 흩어져 있었다. 심지어 보료 밑의 널마루까지 뜯겨 있었다. 책상 밑에는 비마란타 스님의 누이 것인 나무 사자가 뒹굴고 있었다.

그런 상태로 오래 방치된 방 안은 한여름인데도 싸늘한 냉기가 감도는 듯했다. 대나무 옷걸이엔 스님의 유일한 겉옷인 장삼이 걸려 있지 않았다.

살인자는 무엇을 찾으려고 이 방을 뒤졌나. 비마란타 스님에게 원하는 답을 듣지 못한 살인자는 제 스스로 찾아보려고 이곳에 왔다. 그러곤 스님의 장삼을 걸치고 바랑을 챙긴 뒤 스님인 척 남문으로 나간 것이다.

윤은 방바닥에 뒹구는 나무 사자를 집어들었다. 누이의 것. 윤은 스님의 시신에서 굴러 떨어졌던 자신의 나무 사자를 꺼냈다. 윤은 고개를 갸웃했다. 두 나무 사자의 얼굴이 달랐다. 윤은 자기 것을 뚫어지게 보았다. 낯이 익었다. 어디서 봤더라…….

윤은 벌떡 일어나 다시 방을 샅샅이 뒤졌다. 책상을 뒤집어 밑을 살피고, 반닫이 문을 열어 안쪽을 일일이 손으로 더듬었다. 화가 치밀었다. 이 단출한 방에서 이렇게 찾을 수 있는 거였으면 살인자도 찾았겠지. 초조하게 방 이곳저곳을 맴돌던 윤의 눈길이 문득 벽장문에 머물렀다. 더 정확히 말하자면 벽장의 자물쇠 고리에 걸린 열쇠에.

윤은 열쇠를 빼들었다. 길쭉한 손잡이 끝에 조각된 얼굴을 뚫어지게 보았다. 손잡이에 조각된 얼굴이 윤이 가진 나무 조각상의 얼굴과 똑같았다. 윤은 그 얼굴을 어디서 보았는지 이제야 생각이 났다.

폐안.

용의 아홉 아들 중 하나로 아비는 용이고 어미는 호랑이인 폐안. 처용과 치수가 전각 안으로 들어섰다.

"그거 열쇠 아냐?"

처용이 말했다. 치수의 눈길이 윤의 손에 들린 열쇠에 가닿았다.

"윤아, 그것은……."

"아버지."

"잃어버린 옥 열쇠가 아니냐?"

윤은 눈앞이 아득해지는 걸 느끼며 주저앉았다.

❀

폐안. 무시무시한 얼굴의 의로운 신수. 이방부 관아의 정문과 옥문에 달린 자물쇠와 열쇠마다 이 폐안의 얼굴이 새겨져 있다. 그래서 윤의 눈에 익었던 것이다.

어째서 옥문 열쇠가 스님의 방에 벽장 열쇠인 척 달려 있단 말인가.

윤과 치수 말곤 그게 옥문 열쇠란 걸 알아채지 못했을 것이다. 그러므로 뻔히 보이는 곳에 숨길 수 있었던 것이다.

이 열쇠가 모대가 갇힌 옥문의 열쇠가 맞다면, 옥문을 열어준 사람은 비마란타 스님이라고? 하지만 왜? 어떻게? 모대가 옥에 갇힌 건 또 어찌 알았단 말인가.

혼란에 휩싸여 방 안을 멍하니 둘러보다가 윤은 깨달았다. 그 소박한 방에는 비마란타 스님이 어떤 사람인지 알게 해줄 물건들이 너무 적었다.

비마란타가 신라에 머문 세월이 얼마인가. 윤이 스님을 벗해 온 세월은 또 몇 년인가. 그럼에도 윤은 자신이 스님에 대해 아는 게 거의 없다는 걸 깨달았다.

윤이 처용을 보며 중얼거렸다.

"보이지 않아. 전에 왔을 땐 저기 가득 쌓여 있었는데."

"뭐가?"

"불경을 번역한 문서 더미들."

처용의 눈썹이 꿈틀했다.

"스님을 죽인 자가 묵직한 바랑을 메고 나갔다 하지 않았나?"

그랬었다. 하지만 굳이 그걸 왜?

"파지 한 장이라도 찾을 수 있다면……."

윤은 파지 한 장이라도 찾을 수 있을까 해서 다시 방 여기저기를 뒤져보았다. 하지만 없었다. 방은 텅 빈 채였다. 갑자기 윤은 처용의 손을 잡아끌고 부엌으로 향했다. 파지를 불쏘시개로 썼을지도 몰랐다.

작고 소박한 부엌이었다. 아궁이에 솥이 걸려 있고, 나무선반에 그릇 몇 개가 있었다. 조그만 들창으로 빛이 스며 들어왔다. 윤은 고무래를 찾아 아궁이 앞에 웅크려 앉아 재를 긁어냈다. 재만 나왔다. 윤은 실망해 입술을 깨물었다.

"윤아."

처용이 부엌 구석에 놓인 땔감 더미를 가리켰다. 사이사이 파지가 몇 장 구겨진 채 끼어 있는 게 보였다. 윤은 환해진 얼굴로 달려가 파지 한 장을 끄집어냈다.

파지엔 글씨와 그림이 빼곡했다. 한눈에 보아도 불경이 아니었다. 파지를 들여다보던 윤의 손에서 종이가 힘없이 떨어져 내렸다. 처용은 걱정스럽게 윤을 흘깃 보곤 바닥에 떨어진 종이를 집어 들었다.

처용의 눈길이 작은 보라색 꽃송이와 매끈한 갈색 줄기를 가진 풀 그림에 가닿았다. 전문가의 솜씨는 아니지만 정성을 다해 그리고 채색까지 한 세밀화였다.

그것은 황련이었다. 꽃은 자주빛이지만 뿌리가 노란색이라 그런 이름이 붙었다. 늦가을에 뿌리줄기를 캐서 말려 약으로 쓰며 오심과 설사에 약효가 높고 해열제로도 쓰인다. 성질이 차서 몸에 열이 많은 사람에겐 좋으나 몸이 차고 맥이 약한 사람에겐 권하지 않는다.

이런 세세한 설명들이 한자와 이두, 그리고 지렁이 기어가는 듯한 아라비아어로 씌어 있었다.

처용은 땔감 더미에서 다른 파지들도 빼서 하나씩 펴보았다. 역시 야생초를 정성껏 그리고 설명해 놓은 것이었다. 그 야생초들이 하나같이 흑치의 산밭에 있는 것들이란 건 처용이 누구보다 잘 알았다.

의심의 여지가 없었다. 비마란타가 오랜 세월 이 고독한 암자에서 해온 작업은 불경 번역이 아니었다.

"비마란타를 고문하면서까지 살수가 찾던 것은 계림약방의 장부겠지요?"

막사 안엔 이제 설치수와 홍렴만이 남아 있었다.

"계림약방의 장부가 사람을 죽여서라도 되찾아야만 하는 것이란 뜻이군요."

두 사람은 비마란타를 죽인 자들이 역모의 도당이라고 확신했다. 그것도 권력자들이 관련된. 장부를 찾으면 그자들의 정체와 음모를 밝혀낼 수 있을 것이다.

"생각해보면 이상한 게 한두 가지가 아니었는데, 비마란타가 흑치라고 생각하니 아귀가 맞아떨어집니다."

설치수가 생각을 더듬으며 느릿느릿 말했다.

"윤은 흑치가 입막음하려고 계림 약방주를 죽였다고 믿고 있었는데, 애초에 흑산에서 약초밭을 아이들에게 들켰을 때 입막음을 확실히 했어야 옳았을 것입니다."

치수의 말에 홍렴이 고개를 끄덕였다.

"흑치, 아니 비마란타는 윤을 죽일 수 없었던 거지요."

치수가 낮은 신음을 토했다.

"약방에 약초를 주러 갔다가 모대가 치도곤당하는 현장에 윤과 처용도 있는 걸 보았으니. 윤의 성격에 계림약방의 죄상을 발고하러 관아로 가거나 계림 약방주와 담판을 지으려 할 테니까요. 그럼 도당이 윤의 존재를 알게 되니 윤이 무사하지 못할 거라 생각했을 겁니다."

치수는 잔혹하게 살해된 시신들을 떠올리며 흠칫 몸을 떨었다. 그 참혹한 죽음이 윤의 것이 될 수도 있었던 것이다. 서슴지 않고 살인을 자행하는 흑치와, 윤과 오래 우정을 나눈 비마란타가 한 사람이라니 세상에 이보다 기이한 일도 있을까.

"계림 약방주를 서둘러 처리한 것은 윤을 위해서이기도 하지만, 장부를 빼내 숨긴 걸로 보아 비마란타가 도당을 배신할 마음을 먹었단 뜻일 겝니다."

홍렴의 생각에 동의하며 치수가 힘주어 말했다.

"장부를 빨리 찾아야겠습니다."

두 사람은 비마란타가 장부를 어디 숨겼을까 곰곰이 생각했다. 누구도 믿지 못할 처지였으니 찾기 어려운 곳에 숨겼겠지만 무언가 단서를 남겨놓았을 법도 한데…….

치수가 피곤한 얼굴을 두 손으로 북북 문지르며 뇌까렸다.

"한 인간이 그토록 오래 두 얼굴로 살아갈 수 있는 것입니까?"

"있다마다요."

홍렴이 씁쓸한 웃음을 지으며 말했다.

처용이 황룡사를 빠져나가려는 윤을 붙들었다.

"그곳에 가도 이제 비마란타 스님은 없어. 밭도 불탔고."

"비마란타 스님이라 부르지 마. 그자는 살인자야. 백성을 기만한 죄인이고!"

윤이 소리쳤다.

흑치는 그렇게 죽어버려선 안 되었다. 달려가 따질 수도, 물을 수도, 화낼 수도 없지 않은가. 살아서 윤에게 설명해야 했다. 쓰라린 눈물이 뺨을 흥건히 적셨다. 믿을 수도 외면할 수도 없는 기이한 진실 앞에 윤의 마음은 갈가리 찢어졌다.

추적

비마란타 스님의 장례는 황룡사 안에서 조용히 치러졌다.

심약한 왕 또한 그날의 일로 크게 기를 해쳐 자리를 보전하고 누웠다는 소문이었다. 환난으로 인한 백성의 어려움은 왕의 입지를 어렵게 하는 것인데 기우제를 치르는 날 일어난 기이하고 끔찍한 일은 온갖 흉흉한 소문을 낳았다.

스님의 빈소는 극락전에 마련되어 조문을 받았다. 빗방울이 선득선득 이마를 때리는 아침이었다. 오랜 가뭄이 끝나려는 것인가. 살아 있을 땐 부유하고 힘 있는 자들이 만나주지 않는다고 생떼를 쓰더니 스님의 빈소는 쓸쓸했다.

사시가 다 되었을 무렵 한 조문객이 눈길을 끌었다. 열두어 살 어린애만 한 키에 옷차림이 번듯한 서역 사람이었다.

조문을 마치고 나오는 그에게 윤이 다가갔다.

"당신을 본 적이 있습니다. 연등제 때 가극 공연을 하셨지요. 그때 무척 깊은 감명을 받았었답니다."

훌륭한 연기와 노래로 사람들의 마음을 사로잡았던 난쟁이 배우였다. 배우는 우묵한 눈으로 윤을 보았다. 굵은 눈썹 사이에 두 줄기 주름이 깊이 패었다.

"당신이…… 윤이요?"

"그렇습니다."

"내가 올 줄 어찌 알았소?"

"몰랐습니다. 그냥…… 기다렸습니다."

그랬다. 윤은 아침부터 조문객들이 잘 보이는 곳에 자리 잡고 내내 기다렸다. 난쟁이 배우가 들어서는 순간 윤은 그를 알아보았고, 누굴 기다리는지도 모른 채 기다려온 그 사람이란 걸 알았다.

"비마란타에게…… 애길 많이 들었소."

"신라 말을 아시는군요?"

"십 년을 넘게 오갔으니 배웠지요."

"비마란타 스님은 당신에게 배웠겠지요? 비마란타로 사는 법을. 당신은 배우니까요."

배우의 굵은 눈썹이 꿈틀했다.

"내게 원하는 게 뭐요?"

"비마란타 스님에 대한 이야기를 듣고 싶을 뿐입니다."

그는 윤을 한참 보더니 고개를 끄덕였다.

"비마란타와 만날 때 이용하던 찻집이 있소. 동시의 구석진 골목에……."

그가 주점의 이름을 말하자 윤이 고개를 끄덕였다.

"먼저 가 있을 테니 천천히 그 집으로 오시오."

그 집은 동시의 가장 구석진 골목에 있었다. 술과 차를 함께 파는 허름하고 어둑한 가게였다. 난쟁이 배우는 먼저 와 있었다. 가게는 둘 말곤 손님이 없었다. 윤은 점원에게 마실 것과 주전부리를 주문하고 자리로 가서 앉았다. 음식과 술이 나오고 점원이 물러나자 그가 입을 열었다.

"비마란타가 내 제자였던 건 사실이오. 재능이 뛰어나 훌륭한 배우가 될 거라 생각했는데…… 세상일이란 알 수 없는 거요."

술집의 어둑한 등불 아래서 난쟁이 배우의 얼굴은 다시금 연등제 저녁으로 돌아간 듯 생기를 되찾았다. 젊음과 광기와 회오가 불꽃처럼 환하게 얼굴을 밝혔다. 그는 술을 들이켜고 긴 이야기를 시작했다.

비마란타의 고향은 서역의 조그만 나라인데 약초꾼인 할아버지와 누이동생이 있었지요. 본명은 굳이 알아서 무엇하겠소. 누이는 아름답고 씩씩하고 정의로워 모두가 좋아했지만, 비마란타는 어릴 때부터 사고뭉치 망나니였소. 재주가 많다 보니 나름 야심도 컸었고. 그래도 누이를 끔찍이 아꼈지요. 성정은 거칠어도 정이 깊은 놈이었어요.

마을을 지날 때 비마란타의 할아버지에게 극단에서 필요한 약재를 주문하면 비마란타가 가져다주었다오. 비마란타는 우리를 동경했소. 고단한 인생이라고 말해주었지만 자유롭게 떠돌아다니는 것도, 사람들의 환호를 받으며 무대에 서는 것도 부러웠던 모양이오. 배우가 되고 싶어 했소. 조금 가르쳐보니 재주가 있고 인물도 좋은 편이라 탐이 나긴 했소. 묘기와 춤을 가르치려고 가난한 집에서 어린아이를 사기도 했지만 잘 아는 처지에 비마란타의 조부와 누이에게서 비마란타를 빼앗아올 순 없었지.

허나 운명이란 그런 것인지……. 비마란타가 스물두엇 먹던 해 여름밤에 옆 마을에 있던 우리 천막으로 몰래 숨어들었소. 글쎄, 사람을 죽이고 도망가는 길이라더군. 물어도 입을 꾹 다물고 자세한 얘기를 안 했소. 내막은 며칠 뒤 그 마을에 다녀온 장사꾼에게 들었소. 누이동생에게 치근덕대며 할아버지에게 행패를 부리던 못된 관리를 우발적으로 죽인 모양이었소.

죽은 사람 몸에 꽂혀 있던 단검이 누이가 쓰던 거였고 여러 가지 정황으로 보아 누이가 그자를 찔러 죽였고, 비마란타가 죄를 덮어쓰고 도망친 게 아닌가 싶소. 그 일에 대해선 절대로 입을 열지 않았으니 진실은 모르지.

죽은 자가 하필 뜨르르한 권력자의 아들이라 다신 마을로 돌아갈 수 없게 됐지. 나는 운명으로 여기고 비마란타를 제자로 받아들이기로 결심했소. 엄격하게 가르쳤지. 비마란타도 열심히 배웠고. 다음 해 가을에 당나라에 들어갔을 땐 배우로 무대에 섰다오. 꽤 인기가 있었지. 비마란타가 무대에 오르면 사람들은 숨을 죽였소. 분노한 왕이든, 잔인하게 적을 베는 장군이든, 사랑에 빠진 젊은 남자든, 비마란타는 바로 그 사람이 되었다오.

금세 입소문이 나 사랑을 한 몸에 받았소. 나는 만족스러웠지. 극단 사람들도 비마란타를 좋아했소. 나는 비마란타가 이제 그만 고향을 잊길 바랐소. 하지만 비마란타는 늘 가족을 걱정하고 그리워했소. 죽은 자가 고위 관리의 아들이 아니었다면 항변도 못해보고 재판도 없이 고향 땅을 밟지 못하게 되진 않았을 거라고 비마란타는 생각했지. 돈을 버는 족족 술을 마셨고, 힘 있는 자들을 눈엣가시로 여겨 툭하면 시비가 붙었소.

극단 사람들은 불안해 비마란타를 내쫓으라고 단장인 나에게 말했소. 나는 비마란타를 후계자로 생각하고 아꼈기에 차마 그럴 수 없었소. 비마란타를 크게 꾸짖은 후 정신을 차렸으면 하는 마음에 절에 집어넣었소. 그 절은 신라인들이 모여 사는 마을에 있었지. 절에서 이름을 비마란타로 바꾸고 승려 행세를 시작한 거요. 연기가 그럴 듯했는지 주위에 사람들이 모여들었소.

그러던 어느 날, 나를 찾아와 신라에 가겠다고 하더군. 비마란타가 정신을 차리면 다시 극단에 불러들일 생각이었던 나는 그를 말렸소. 하지만 비마란타는 뭔가에 단단히 홀린 듯했소. 내가 알지 못할 어떤 신념에 사로잡혀 있었다오. 세상을 바꿀 거라 했지. 비마란타가 떠나기 전 내게 온 것은 부탁할 게 있어서였소. 자신의 고향에 들러 누이의 소식을 알아다가 신라로 와 전해 달라 했지. 자신은 신라에서 성공할 테니 대가는 두둑히 치르겠다더군.

수년이 흘러 정말로 신라에 극단을 이끌고 가게 됐소. 비마란타는 자기 말대로 유명해져 있더군. 왕의 신임까지 얻어 신라 최고의 절인 황룡사에 머무르며 불경 번역에 몰두한다고 했소. 나는 속으로 코웃음을 쳤소. 천하를 제대로 속여 넘긴 모양이구나 했지. 나는 고민 끝에 그를 찾아갔소. 일주문의 문지기는 비마란타 스님은 아무나 만나주지 않는다고 고관대작이 찾아와도 만나기 어렵다고 딱 잘라 말하더군. 내가 고향 사람이라고 해도 들은 척도 않았소. 나는 남문으로 가보았소. 남문 문지기는 내 이름을 묻곤 들어가 한참 있다 나오더니 동시의 어느 주점을 알려주며 거기에 가 있으라 했소. 그게 여기요. 나는 기분이 나빴소. 이제 신분이 높아졌으니 나 같은 놈은 몰래나 만나주겠다는 건가. 그래도 궁금한 마음에 주점에 와서 기다렸소. 아무리 기다려도 비마란타는 나타나지 않더군. 화가 치밀어 그만 가려는데 생전 처음 보는 자가 다가오더니 털썩 자리에 앉았소.

검은 옷에 검은 두건으로 얼굴을 가리고 눈만 내놓은 모습. 어둡게 번쩍이는 눈과 짐승이 그르릉대는 듯한 목소리가 광인 같았소. 나는 어리둥절하여 누구냐고 물었소. 그러자 그자가 큰 소리로 그르릉대며 웃더군. 스승이었던 나를 속여 넘긴 것이 기뻤던 거요.

"스승님, 정말 누군지 모르겠소? 나 비마란타요."

내가 알던 비마란타는 성정이 거칠지만 나쁜 놈은 아니었지. 하지만 눈앞의 사내는 달랐소. 광기 어린 그 눈빛이 연기라면 그는 나를 능가하는 최고의 배우이고, 그 눈빛이 진짜라면…… 그의 마음이 황폐해졌다는 증거겠지. 하지만 무엇이 그를 그렇게 만들었는지는 알지 못했소.

그는 은자를 채운 자루 두 개를 내놓았소. 하나는 자기 고향에 들를 때 누이에게 전해달라 했고 다른 하나는 누이의 소식을 전해주는 대가라고 했소. 나는 말문이 막혔소. 한참 만에 내가 말했지. 나를 어찌 믿냐고. 은자 자루 두 개 다 내가 차지하고 전해주었다 거짓말해도 너는 알 길이 없지 않냐고. 비마란타는 짐승처럼 클클 웃더니 싸늘한 눈빛으로 말했소. 내가 그런 사람이 아니란 걸 안다고. 허나 자길 속였다는 걸 알면 나를 죽일 거라고.

산전수전 다 겪은 나는 비마란타의 눈빛을 보고 단번에 느낄 수 있었소. 비마란타가 사람 죽이는 것쯤 아무것도 아닌 자들과 얽혀 있다는 걸. 그런 놈들과 얽히면 사람이 차츰 망가진다오. 무엇이 옳고 그른지 구분하지도 못하게 되는 거요. 아수라에 빠지는 거지. 비마란타가 신라로 가겠다고 했을 때 무슨 수를 써서라도 말렸어야 했소. 신라에서 비마란타 스님의 이름으로 얻은 명성이 전부였다면 얼마나 좋았을까.

비마란타는, 그렇게 운 좋은 팔자가 아니었던 거요.

나는 그의 부탁대로 한 해에 한 번 은자를 누이에게 전했고, 돌아와 누이의 소식을 비마란타에게 들려주었소. 대가로 받는 은자 때문만은 아니었소. 그가 무서워서도 아니었소. 나는 그가 불쌍했소. 타락하고 황폐해졌지만 아직 내면에 예전의 비마란타가 가진 의리와 순박함이 남아 있다는 걸 믿었던 거요.

십 년이 넘는 세월을 그렇게 오갔소. 누이는 나를 볼 때마다 눈물을 글썽이며 비마란타의 소식을 알고 싶어 했지만 나는 약속한대로 아무 말도 해주지 않았소. 언젠간 만날 수 있을 거라고만 했지. 하지만 비마란타는 세월이 흐를수록 누이와의 재회를 믿지 않는 눈치였소. 발을 뺄 수 없었던 거지. 그가 지쳐간다는 걸, 괴로워한다는 걸 느꼈지만 내가 해줄 수 있는 게 없었소. 나와 함께 신라를 떠나자고도 해보았지. 비마란타는 쓸쓸히 웃으며 고개를 젓더군. 누이에게까지 해가 미칠지도 모른다고 말했소. 비마란타는 그사이 나쁜 일도 몇 번 저지른 듯했소.

서너 해 전이던가, 비마란타가 그러더군. 누이와 꼭 닮은 아이를 만났다고. 기억 속의 누이처럼 씩씩하고 총명한 아이라고. 그 사람 이야길 할 때면 편안하고 즐거워 보였소.

무언가 돌이킬 수 없는 일이 일어났다는 걸 느낀 건 지난봄이오. 다른 때와 많이 달랐소. 캐물으니 그저 이렇게만 말하더군. 했어야 할 일을 하지 못했으니 대가를 치르게 될 거라고. 나는 가슴이 덜컥 내려앉았지만 비마란타는 이미 끝을 예감한 듯 담담했소. 쓸쓸히 웃으며 말하더군. 차라리 잘됐어. 이제 이 지겨운 배우 노릇도 끝날 테니.

우리 극단은 신라를 떠나 당나라로 향했다가 민란 때문에 다시 바다로 나와 왜국을 순회했소. 신라로 돌아온 건 사흘 전이오. 비마란타가 꿈에 나왔었지. 누이에게 뭐라고 말해야 할지…….

이야기를 마치고 난쟁이 배우는 윤에게 두꺼운 책을 내밀었다. 파지로만 접했던 약초서였다. 비마란타를 죽인 자가 훔쳐간 건 일부였나 보다.

"마지막으로 본 날 내게 건넸었소. 맡아뒀다가 언젠가 당신을 찾아서 주라고 했소. 이렇게 빨리 주게 될 줄은 몰랐지."

윤은 머뭇머뭇 책을 받았다. 비마란타의 길고 고독한 세월이 물화한 듯 몹시 낡고 두꺼운 책이었다. 한 장 한 장 펼쳤다. 부처님 말씀은 눈 씻고 봐도 없었다. 그저 풀꽃과 잎과 줄기와 뿌리를 낱낱이 그리고, 그 꽃과 잎과 줄기와 뿌리의 효용에 대해 꼼꼼히 풀이해 놓았을 뿐이다. 처음엔 그림 솜씨가 서툴러 알아보기도 힘들었으나 책장이 넘어갈수록 묘사가 시나브로 나아졌다. 어느 순간 채색까지 되어 있었다. 글도 처음엔 꼬불꼬불한 서역 글자로만 씌어졌지만 차츰 한자와 이두도 덧붙여졌다.

눈물이 책장에 툭 떨어졌다. 윤은 다급하게 소맷자락으로 책을 닦았다. 난쟁이 배우는 고개를 저었다.

"비마란타의 죽음을 슬퍼하지 마시오. 그는 비마란타란 감옥에 갇혀 흑치라는 창으로만 숨을 쉴 수 있는 가련한 죄수였을 뿐이니."

윤의 눈앞에 흑치의 산밭이 펼쳐졌다. 흑치가 햇빛이 아롱지는 산밭에서 땀 흘리며 일하고 있었다. 고독하고 거짓된 삶을 잠시 벗어놓듯 흑치는 맨발이었다.

이제 산밭은 불에 타 스산한 폐허로 변했다. 하지만 처용이라면, 산밭을 되살려 낼 수 있을 거야. 윤은 생각했다.

시간이 걸리겠지만 처용이라면. 비마란타가 책을 빼앗기지 않아서 다행이었다. 그 책을 물려받을, 소중히 여길 처용이 있어서 다행이었다.

❀

해가 서쪽으로 성큼 기운 유시의 끝자락이었다. 윤은 모처럼 집에 있는 창과 장기를 두며 시름을 잊으려 했다. 밖에서 곡례가 윤을 불렀다.

"아가씨, 장돌뱅이 같은 자가 이 쪽지를 가져왔습니다."

쪽지의 매듭을 풀자 안에서 무언가 툭 떨어졌다. 윤이 처용에게 준 나무 제웅이었다. 윤은 심장이 얼어붙는 것을 느꼈다.

> 장부를 가지고 흑치의 동굴로 와라.
> 오직 혼자서 와야 한다. 아니면 처용은 죽는다.
> 장부만 가져오면 처용을 살려주겠다.

처용의 웃는 얼굴 위로 비마란타의 참혹한 주검이 겹쳤다.

윤은 회랑 바닥에 주저앉았다.

장부.

놈들이 아직 장부를 찾는구나. 왜 내게 장부가 있다 생각하는 걸까. 윤은 황룡사에서 만난 난쟁이 배우에게 약초서를 받아 집으로 가져온 것을 생각했다. 지켜보던 이가 있었다면 그 책을 장부로 오해한 모양이었다. 홍렴의 부하들 때문에 윤을 건드리긴 힘들자 처용을 인질로 삼아 윤을 꾀어내려는 속셈일 것이다.

숨이 막혔지만 윤은 생각하려 애썼다.

지난 일로 미루어 놈들은 위험한 비밀을 공유하지 않는다. 자칫 도당 전체를 위태롭게 할 수 있기에. 그러니 이번에도 비마란타를 죽인 자가 조용히 처리하려 했을 것이다. 처용이 호락호락 잡혔을 리 없다. 처용이 아는 얼굴이 다가와 거짓말로 유인했음이 분명하다.

처용과 윤이 함께 아는 사람의 범위가 좁기에 상대도 위험한 도박을 한 것이다. 그만큼 다급하단 뜻이겠지. 생각에 골몰하던 윤이 고개를 들었다. 짚이는 게 있었다. 그 생각의 끔찍함에 몸서리쳐졌지만 윤은 마음을 단단히 먹었다.

"윤아, 무슨 일이야?"

윤이 들어오지 않자 밖으로 나온 창이 걱정스럽게 물었다.

"나 지금 나가봐야 돼."

창은 더욱 걱정스러운 표정으로 윤을 보았다.

"이 시각에 어딜 나간다고? 호위 무사들도 네가 집에 있는 걸 보고 안심하고 돌아갔을 텐데."

"그래서 다행이야. 미행이 있으면 안 되거든. 부탁이 있어. 아무것도 묻지 말고 내 말대로 해줘. 나중에 다 설명할게."

윤은 창이 해야 할 일을 차분히 일러주었다. 윤의 부탁은 몹시 이상했기에 창은 혼란스러웠지만 잠자코 고개를 끄덕였다. 윤의 표정은 결연하여 물음을 허용치 않았다.

"내가 술시가 지나도록 안 돌아오면, 부탁대로 실행하면 돼."

창의 손을 꼭 쥐니 마음이 아려왔다. 일이 잘못되면 다신 쌍둥이 동생을 보지 못할지도 몰랐다.

혼자서는 돌아오지 않을 생각이었다.

윤은 금성을 향해 말을 달렸다.

장부를 찾아야 한다. 절체절명의 위기에 몰리니 머리가 팽팽 돌아갔다.

계림약방에서 약방주와 문지기를 죽이고 관아에 가서 불을 지르고 모대의 옥문을 열어준 뒤에 황룡사로 돌아온 그 촉박하고 긴장된 시간. 비마란타 스님은 어디에 장부를 감췄을까? 적들이 장부를 찾아 샅샅이 뒤질 거란 걸 잘 알았을 것이다. 비마란타 스님은 윤이 장부를 찾아주길 바랐을 것이다. 적은 접근하기 어려운 장소. 허나 윤은 발견할 가능성이 있는 장소. 그게 어디인가.

폐안이 새겨진 열쇠.

윤은 처음 보았을 때 왜 그 생각을 못했는지 자책했다. 열쇠가 장부의 단서였던 것이다. 아버지는 아직 현장에 있을 시각이었다. 이방부 관아에 도착한 윤은 옥졸에게 홍렴의 명령으로 감옥을 좀 살펴보겠다고 말했다. 옥졸은 두말없이 윤을 들여보내 주었다. 다행히 모대가 갇혔던 감옥은 비어 있었다.

윤은 등불을 벽에 걸고 안을 살피기 시작했다. 매의 눈초리로 안을 뜯어보던 윤의 눈길이 천장에 머물렀다. 휘어진 대들보의 넓적하고 우묵한 자리에 무언가 비죽 보였다. 천장이 어둑해서 일부러 눈여겨보지 않고서야 발견할 수 없었을 것이다.

책보자기. 장부가 확실했다. 윤은 펼쳐볼 생각도 못하고 품속에 숨긴 뒤 관아를 재빨리 빠져나왔다.

말에 올라 흑산을 향해 달렸다. 장부를 손에 넣으니 동굴에 갇혀 있을 처용에게로 마음이 먼저 달음박질쳤다.

침착해야 처용도 살리고 나도 살 수 있다. 윤은 고삐를 쥔 손에 힘을 주었다. 산기슭에 이르러 말을 나무에 매어 두고 산을 올랐다. 무기라곤 품 안에 단검뿐이었다. 무기를 쓸 일은 없어야 했다. 숨이 턱에 차도록 빠른 걸음으로 산을 오르는 동안 윤은 머릿속으로 해야 할 말과 행동을 반복하고 또 반복했다.

산밭이 있던 자리에 들어선 윤은 나무에 털썩 기대앉아 가쁜 숨을 골랐다. 그리곤 품 안에 든 것을 꺼냈다. 비단으로 표지를 입힌 두꺼운 책이 나왔다. 내지 또한 미황색의 최고급 종이였다.

윤은 장부를 펼쳤다. 성명, 관등명, 지역, 거래 물품명, 거래량, 수금 금액, 나가고 들어온 날짜 등이 빼곡히 나열되어 있는 거래 장부였다. 장부의 거래 기록은 신라 전역에 미쳐 있었고 들어오고 나가는 돈의 규모도 너무 컸다. 만약 아버지와 홍렴의 생각처럼 이것이 무기와 군사를 위한 자금의 은밀한 유통 기록이라면 그 자체로 역모의 연판장*에 다름 아니었다.

동굴 안에서 불빛이 은은히 스며 나왔다. 윤은 미칠 듯 떨리는 마음을 진정시키고 처용을 부르며 동굴 안으로 들어갔다.

처용이 양손을 뒤로 묶인 채 앉아 있는 게 보였다. 비마란타 스님이 겹치면서 윤은 조용히 분노했다. 그래도 처용이 무사한 모습을 보니 안심이 되었다. 윤을 본 처용이 외쳤다.

"이 바보야! 여긴 왜 왔어?"

어둠 속에서 클클대는 웃음소리가 났다. 검은 옷을 입고 검은 복면을 쓴 자가 걸어 나왔다. 손에 든 장검이 차가운 빛을

*여러 사람의 의견이나 주장을 표명하기 위해 도장이나 지장을 찍어 서명한 문서.

뽑어냈다.

"장부는?"

흑치처럼 일부러 긁어서 내는 소리였지만 윤은 그 목소리를 알아들을 수 있었다.

"장부는 가져왔어요."

윤이 낮은 목소리로 대답했다.

"윤아, 어차피 우릴 죽일 거야. 달아나. 이 사람은……."

검은 복면의 칼끝이 처용의 목을 겨누었다.

"장부."

"오늘 거래할 것은 장부가 아니라 당신의 목숨이야."

윤이 이를 갈며 내뱉자, 검은 복면이 멈칫했다.

"무슨 헛소리냐?"

"더 정확히 말하면 당신과 당신 아들이자 내 벗 해덕의 목숨이지."

검은 복면이 경악하는 것이 전해졌다.

"해덕일 시켜 처용을 유인했죠? 내가 여기서 기다린다 했겠죠."

검은 복면은 석상으로 변하기라도 한듯 가만 서 있었더니 이윽고 천천히 복면을 벗었다.

현령 최두식의 얼굴은 초췌하고 사악해 보였다.

"누구에게 말했지?"

최두식의 입매에서 해덕이 보여 윤은 몸서리쳤다.

"당신은…… 당신은 악귀야!"

최두식이 음울한 표정으로 말했다.

"나라고 사람 죽이는 게 좋을 리 없지. 더군다나 친구의 자식을. 황룡사에서 난쟁이 광대 놈을 만났다는 얘길 듣고 네가 비마란타의 정체를 알게 된 걸 확신했다. 원망하려면 스스로를 원망하려무나."

윤은 최두식을 노려보았다. 최두식은 음울하게 말을 이었다.

"나도 비마란타를 죽이고 싶진 않았다. 당에서 처음 만났을 때 우린 젊었다. 날 때부터 신분으로 나뉜 세상, 곪아터진 골품의 세상을 쳐부수고 새 세상을 세우자고 머리를 맞대고 뜨겁게 결의했다. 변한 건 내가 아니라 우리 흑의당을 배신한 비마란타다."

"스님은, 스님은 당신네 흑의당에게서 벗어나고 싶어 했어요. 비마란타 스님을 죽이고 밤에 잠이 오던가요?"

최두식이 클클클 광기 어린 웃음을 토했다.

"스님? 누가 스님이란 말이냐? 그자는 네가 악귀라 부르는 나와 다를 바 없는 살인자란 걸 모르느냐? 잠이 오더냐고? 오냐. 잠을 통 이루지 못한다. 밤이 되면 비마란타가 어둠 속을 걸어다니는 소리가 들린다. 이제 내 너를 죽이면, 너도 밤마다 나를 괴롭힐 테지."

최두식이 한 발 나서며 검 끝을 윤의 가슴에 겨누었다.

"시신은 숨기지 않고 그냥 두마. 네 부모가 수습할 수 있도록."

윤이 쓰게 웃었다.

"당신이 이 일에 해덕을 끌어들인 건 실수였어요."

최두식이 멈칫했다.

"무슨 뜻이냐?"

"지금 창이 해덕과 아주머니를 지키고 있을 겁니다. 제가 돌아가지 않으면 두 사람은 관아로 압송될 것입니다. 아무것도 모르는 해덕은 아버지가 자신에게 시킨 일을 고신 끝에 털어놓게 되겠지요."

최두식의 검 끝이 떨렸다.

"당신의 용모파기가 신라 곳곳에 붙을 겁니다. 흑의당? 비밀을 지키기 위해서라면 못할 게 없는 무리니 쥐도 새도 모르게 당신과 가족을 죽이겠지요."

최두식의 얼굴이 비참하게 일그러졌다.

"해덕만은 내버려 두어라! 해덕은 네 벗이 아니냐?"

"그 앨 끌어들인 것은 바로 당신이에요!"

부들부들 떨던 최두식의 머리가 푹 꺾였다.

"거사 날짜와 내용을 말해주세요. 아니라고 잡아떼도 소용없어요. 구체적인 날짜만 모를 뿐 이미 홍렴 화주님과 아버지가 움직임을 파악하고 있어요."

사실이 아니었다. 윤이 그냥 넘겨짚은 것이었다.

"아저씬 이대로 집으로 돌아가 아무 일도 없었던 것처럼 지내면 됩니다. 장부를 발견한 사실도 흑의당을 소탕할 때까지 밝히지 않을 겁니다. 물론 감시는 당하겠지만요. 일이 잘 마무리되면 아저씨는 거사를 알려준 대가로 정상참작이 될 것이고 당신과 가족의 목숨은 부지할 수 있습니다. 하지만 지금 우리 둘을 죽이면 당신과 해덕의 목도 함께 달아납니다."

최두식은 핏발 선 눈으로 윤을 노려보았다. 윤은 침착하게 그 눈빛을 마주했지만 속은 떨렸다.

최두식이 마침내 말했다.

"내가 아는 건 거사 날짜와 그날 금성 곳곳에서 벌어질 도발뿐이다."

"그걸로 족합니다."

최두식이 동굴을 떠나자 윤은 처용에게 달려가 묶인 손을 풀었다. 처용은 몸이 굳었는지 일어나며 신음을 토했다.

윤은 처용을 힘껏 끌어안았다.

"다친 데는 없어?"

"음. 동굴에 들어서는 순간 뒷머리를 맞고 정신을 잃었어. 깨어 보니 묶여 있더군."

윤은 처용의 뒷머리를 어루만졌다. 혹이 났을 뿐 깨지진 않은 것 같았다.

윤은 안도의 한숨을 쉬었다. 긴장이 풀리자 온몸에서 힘이 빠져나갔다. 휘청거리는 윤을 처용이 꽉 붙들어 안았다.

"윤아, 너는 참으로…… 여길 오면 어떡해."

"너야말로. 아무리 해덕이 전했다고 해도 그렇지. 덥석 여길 와?"

처용이 멋쩍게 웃었다.

"그러게. 내가 뭐에 씌었던 모양이다. 마음 한구석이 찜찜하긴 했지만 안 올 수도 없더라고."

윤은 처용의 허리에 팔을 둘러 힘껏 안았다. 가슴팍에 얼굴을 묻자 처용만의 숨결과 향기가 윤을 감쌌다. 살아 있음을, 둘이 함께 있음을 실감하자 비로소 안도와 기쁨이 온 마음에 차올랐다.

근원 있는 물은 바다를 이루며

윤과 처용은 교대로 마차를 몰면서 쉼 없이 무주로 달려왔다. 사복과 수하들이 멀리 떨어져 뒤따르는 건 모른 척했다.

무주는 금성보다 남쪽이라 햇빛이 여전히 머리꼭지를 뜨끈하게 달궜다. 하지만 익어가는 벼를 스치는 바람에선 가을 냄새가 물씬 풍겼다. 화려하고 치열한 금성과는 달리 소박하고 평화로운 땅이었다.

피로가 몰려왔으나 바로 관아로 찾아갔다. 무주 도독 김의승은 관저 별당에 있었다. 관아의 서리는 별말 없이 윤을 안내했다. 별당의 마당으로 들어가는 문에 이르러 윤은 바로 들어가지 못하고 머뭇거렸다. 안에서 낭랑하고 그리운 목소리와 깊고 낯선 목소리가 어우러져 들려왔다.

"가을바람이구나."

"가배 시합이 얼마 안 남았습니다."

"구경 가고 싶으냐?"

"아닙니다. 소인이 어찌……."

"한데 네 녀석의 바둑 실력은 어찌 늘지 않는 게냐. 다른 일은 눈치도 빠르고 곧잘 하면서 바둑만큼은 영 늘지 않는구나."

"송구합니다, 도독 나리. 저 같은 천것에겐 너무 어렵습니다."

윤은 가슴이 덜컹하며 뭐라 형용하기 어려운 마음이었다. 모대가 외할아버지 김의승과 바둑을 두고 있다. 처용이 윤의 손을 꼭 잡아주었다. 윤은 처용에게 다짐하듯 고개를 끄덕여 보인 후 문을 밀고 안으로 들어갔다.

느릅나무 그늘이 드리운 정자에 앉아 바둑을 두던 두 사람이 동시에 윤을 보았다. 윤은 입안이 바짝 마르는 기분이 들었다.

정갈한 옷을 입은 모대는 그새 키가 자란 듯했다. 윤의 눈길은 저도 모르게 모대 옆의 노인에게로 옮겨갔다.

노인은 눈매와 턱선같이 외적인 것뿐만 아니라 풍기는 분위기가 어머니와 닮았다. 머리와 수염이 희게 바랬지만 단단한 체구와 기품 있는 모습이 윤이 상상한 것과 흡사했다.

모대가 화들짝 반색하며 뛰어 내려왔다.

"창 공자님!"

윤은 속으로 혀를 찼다. 모대를 보러 올 거라더니 정말로 창이 찾아왔던 모양이었다. 그러고 보니 외할아버지 김의승의 얼굴에도 반가운 기색이 완연히 떠올라 있었다. 첫인사를 어떻게 해야 하나 고민했는데 그런 걱정은 안 해도 될 모양이었다.

윤은 달려온 모대의 머리를 쓰다듬고는 외할아버지를 향해 예를 갖추어 절했다.

"그동안 평안하셨습니까?"

창이 어찌 했을지는 안 봐도 뻔했으나 윤은 몸과 마음이 굳어 입가에 미소조차 잘 지어지지 않았다. 해서 창처럼 군다는 생각은 처음부터 포기했다.

"피곤해 보이는구려. 이리 와 앉게나. 차를 준비하라 이르겠소."

외할아버지 김의승이 차분하게 말했다. 위엄 있는 말 마디마디에 배어 있는 따뜻함을 느끼지 않을 도리가 없었다. 윤은 묘한 슬픔과 반발심이 일었으나 다가가 김의승이 권하는 의자에 앉았다. 모대가 차를 시키러 달려 나갔다.

"사복은 어디 있소? 오늘도 화주의 밀서를 가져왔소? 누누이 밝혔지만 내 뜻은 변함이 없소. 나는 이제 정치에 관여할 마음이 없소."

김의승은 헛기침을 하더니 덧붙였다.

"그렇다고 오는 게 싫다는 뜻은 아니오. 시골 노인네가 무료하니 멀리서 찾아오는 이들이야 늘 반갑지요. 바둑이나 한판 둡시다. 전에 못다 한 승부를 가려야지."

윤은 찻잔을 감싸쥔 김의승의 손가락에서 반짝이는 어머니의 가락지를 보았다. 윤은 눈을 들어 외할아버지를 바라보았다. 어머니와 같은 눈빛이었다. 이상하고 혼란스러웠다. 윤은 자신을 속으로 꾸짖었다. 예까지 온 목적을 잊지 말아야 했다.

"도독 나리와 바둑을 두러 이곳에 온 것이 아닙니다. 사특한 무리가 세상을 뒤집어엎으려 하니, 바람 앞의 등불이 된 내 나라, 만백성을 지키고자 도독 나리의 힘을 빌려주십사 청하러 온 것입니다."

윤은 최두식이 털어놓은 내란의 규모와 거사 날짜에 대해 말했다. 김의승의 눈빛이 변했다.

"그동안은 심증으로 대비했으나 이제 외면할 수 없는 현실로 닥쳐왔습니다. 그런 일이 일어나고 나라에서 막아내지 못한다면 백성들은 어찌 되겠습니까?"

김의승은 말없이 윤을 보았다. 표정만으론 생각을 읽을 수 없어 윤은 긴장했다.

"나를 설득하는 대가로 무엇을 약조 받았는가?"

윤은 생각지도 못한 물음에 어리둥절하여 김의승을 보았다.

"모대를 안전히 숨겨주시고 금성 땅을 벗어나게 해주셨습니다. 음…… 왕이 되면 가난한 백성들을 위한 의원을 세우겠다 하셨습니다. 또 우리 땅에 나는 약초 보급에 더 힘쓰겠다 하셨습니다."

"고작?"

"예?"

"홍렴은 왕의 자리를 얻는데 약조 받은 것이 고작 그것이냔 말이오."

진골들이란 너 나 할 것 없이 똑같구나. 윤의 목소리가 조금 높아졌다.

"고작 그것 때문에 모대 아버지는 죽을 뻔하였고 모대는 약초 한 뿌리를 훔치려다 노비가 될 뻔했습니다, 나리. 고작 그것이 없어 역병이라도 돌면 한 마을이 도륙 나고 백성들이 떠돌이가 됩니다, 나리. 저 하늘의 구름처럼 높은 분들은 고작 그것의 소중함을 알 리 없겠지요."

울컥한 마음을 누르느라 뺨이 붉어진 윤을 물끄러미 보던 김의승이 모대를 돌아보며 말했다.

"공자를 오수유숲으로 안내해라. 그곳에서 잠시 거닐며 여독을 푸시오. 곧 따라갈 테니."

모대는 얼른 일어나 윤을 이끌었다. 윤은 퉁명스럽게 고개를 숙이고 모대를 따라나갔다.

"윤 아가씨지요?"

숲길에 이르러 처용과 셋만 남자 모대가 윤의 허리를 껴안으며 말했다. 윤은 웃으며 고개를 끄덕였다.

"알아보았느냐?"

"바로 알아보았지요!"

"창이 다녀갔느냐?"

"예. 도독 나리와도 금세 친해져서 함께 바둑을 두시곤 했어요."

윤은 고개를 절레절레 흔들고는 모대에게 아버지 범개의 근황을 소상하게 말해주었다. 모대의 눈에 눈물이 어렸다.

"아버지가 보고 싶어요."

윤은 모대의 머리를 쓰다듬었다. 만약 일이 뜻대로 풀린다면, 모대는 다시 돌아올 수 있을 것이다. 홍렴이 모대를 사면할 것이다. 하지만 아직 말하기엔 일렀다.

모대는 얼른 목소리를 밝게 했다.

"예쁜 숲이지요? 봄에는 노란 꽃이 흐드러지게 피는데 무척 곱대요. 내년 봄에 오셔서 함께 꽃구경해요."

윤은 알알이 붉은 열매가 그득한 숲을 둘러보았다.

"그래. 한데 오수유*란 이름은 처음 듣는다. 여기 무주에만

*중국 원산으로 통일신라 시대 후기에 경주에 들어와 토착화되었다고 한다. 높이가 5미터에 달하고 봄에 노란 꽃이 피며 열매를 약재로 이용한다.

있는 수종이니?"

"여기에만 있는데 본디 당나라에서 온 것이에요. 해적에 잡혀갔던 사람이 해적선에 타고 왔다가 싸움 끝에 구조되었는데 그 사람이 가져온 씨앗이에요. 괴질이나 역병에 특효라 하여 도독님이 숲을 조성하신 거라 해요."

윤과 처용은 호기심 가득한 눈으로 숲을 둘러보았다.

"금성에서도 수림을 조성할 수 있지 않을까?"

윤이 처용에게 묻자 처용도 고개를 끄덕였다.

"오수유는 내가 자란 땅에선 일부러 수림을 조성하는 나무는 아니야. 여기 무주에서 된다면 금성에서도 되겠지."

"도독 나리는 높은 곳에서 백성을 굽어보는 분이 아니에요."

모대가 윤의 눈치를 보며 조심스럽게 말했다.

"염전이든, 벼논이든, 과수밭이든 백성이 땀 흘려 일하는 곳이면 어디든 가셔서 손수 일이 되어가는 것을 살피시고 어려운 점이 있으면 바로잡으신답니다."

윤은 모대의 말에 대답하지 않았다. 윤도 눈이 있으니 오는 동안 무주의 풍광만 보고도 청렴하고 덕 있는 관리들에 의해 잘 다스려지고 있다는 걸 느꼈다.

사복이 걸음을 빨리해 다가왔다. 늘 무표정하던 사복의 얼굴이 환해 보였다.

"도독이 화주님의 밀서를 달라 하셨습니다. 그동안 몇 번을 가져와도 보시지 않으셨는데. 이럴 줄 알았으면 진작 윤 아가씨와 올 걸 그랬습니다."

윤은 뛸 듯이 기뻤으나 짐짓 아무렇지 않게 대꾸했다.

"도독님이야 제가 창인 줄 아실 텐데요."

윤의 말에 사복이 고개를 저었다.

"창 공자가 아니란 걸 바로 아셨습니다. 제게 지나가는 말처럼 쌍둥이란 말은 들었다. 운영이 잘 키웠구나, 하시더군요."

윤은 울컥했다. 핏줄이란 무엇일까. 원망도 그리움도 없는 줄 알았는데 아니었나 보다. 분명 처음 보는 노인인데 처음 보는 것 같지 않았다. 어머니를 생각하면 미운 마음이 들어야 하는데 밉지 않았다.

이윽고 김의승이 천천히 걸어오는 것이 보였다.

"기다리게 했소."

"아닙니다. 숲이 아름답습니다."

윤이 공손하게 대꾸했다. 김의승은 고개를 끄덕였다.

"열매가 익으면 술을 담근다오. 겨울이면 술이 익을 테니 함께 술잔을 기울입시다. 그땐 아우도 함께 오시오."

윤은 가슴이 뭉클해져 고개를 먼 산으로 돌렸다. 괜히 눈물을 보이긴 싫었다.

"알겠습니다."

김의승도 먼 곳으로 눈길을 주며 말을 이었다.

"화주에게 알았다고 전하시오. 받은 서신에 적힌 대로 만반의 준비를 하고 움직일 테니 걱정 말라고."

❀

윤은 처용의 집 앞에 늘어선 줄을 보았다.

처용은 언제나처럼 마당에 의자와 탁자를 놓고 환자를 보고 있었다. 모대 아버지 범개가 약재를 가지고 집 안에서 나왔다. 윤은 차분하게 환자의 이야기에 귀 기울이는 처용을 보았다. 윤은 일하는 처용의 모습을 보는 게 좋았다. 날마다 보아도 새롭게 설레었다.

뒤쪽이 시끌시끌했다. 비단 두건을 쓰고 잘 차려입은 남자가 줄을 무시하고 안으로 들어오려 하자 사람들이 불만을 토하는 중이었다. 남자는 그러거나 말거나 오만하게 사람들을 밀치고 마당으로 들어섰다. 안을 둘레둘레 살피더니 불퉁스럽게 내뱉었다.

"입소문 듣고 왔더니 이렇게 누추할 데가. 에잉, 어리에 있다 할 때부터 미덥지 않더라니."

소동을 지켜보던 처용이 차분히 말했다.

"맞습니다. 여긴 보다시피 누추하고 저는 명의도 아니니 더 좋은 곳으로 가심이 좋을 듯합니다."

남자는 처용을 아래위로 훑어보더니 의자에 털썩 앉으며 엽전 꾸러미를 툭 던졌다.

"이왕 왔으니 진맥이라도 봐주오. 거 여기서 최고로 좋은 약도 지어주고. 돈은 내, 달라는 대로 쳐줌세."

처용이 줄을 가리켰다.

"정 그러시면 줄을 서십시오."

"내가 그럴 여유가 없어서 그런다니까."

"저분들도 마찬가지입니다."

남자는 버럭 소리를 질렀다.

"저것들과 같이 줄을 서란 말인가? 돈은 달라는 대로 준다는데 왜 이리 말이 많아!"

처용이 벌떡 일어나더니 남자를 일으켜 세운 다음 사립문 쪽으로 밀었다. 처용의 힘에 남자가 엉거주춤 밀려났다.

"아니, 이게 뭐, 뭐하는 짓인가? 내가 누군 줄 알고……."

"당신이 누구든."

처용이 차분하게 대꾸했다.

"여기선 줄을 서야 진료를 받을 수 있습니다."

처용의 기세에 기가 죽은 남자는 입속말을 웅얼거리며 밖으로 나갔다. 사람들이 큰 소리로 남자를 비웃었다. 처용이 윤을 발견하고 웃었다.

"모셔 가려 왔어."

윤의 말에 처용이 고개를 갸웃했다.

"내일 가배 시합이 시작될 때 궁 사람들이 월지에서 가극을 상연한대. 무려 홍렴 화주님도 나오신다고. 시연을 보러오라 우리 둘을 초대하셨어."

국학의 졸업 시험이자 관리의 등용문인 독서삼품과가 치러진 뒤 금성에는 긴장감이 감돌았다. 상대등이 합격자를 내정했다는 소문에 있던 명문자제들이 실제로 합격자 명단에 오르자 지방 호족의 자제들이 들고일어났다. 동시 거리에서 시비가 붙어 사람들이 크게 다치는 일이 생겼다. 치수의 퇴근이 늦어졌음은 물론이다.

윤과 처용은 동궁의 현덕문을 지나 월지로 향했다. 윤은 전에 봤을 때보다 눈에 띄게 초췌해진 양상이 어딘가로 허위허위 가는 걸 보고 자신이 궁에 왔구나 느꼈다.

울긋불긋 곱게 단풍 드는 나무들이 월지에 그림자를 드리우고 맑은 물 아래선 예쁜 물고기들이 오락가락했다. 임해전 앞에는 내일을 위해 채붕이 세워지고 아름다운 무희들이 홍렴과 무대에서 연습을 하고 있었다. 홍렴이 윤과 처용을 발견하곤 미소 띤 얼굴로 손을 흔들었다.

왕은 야외 침상에 비스듬히 기대 누워 있었다. 병색이 짙고 야위어 윤은 충격을 받았다. 이렇게 야외에 나와도 되는지 걱정되었으나 다행히 기분이 좋아 보여 좀 안심이 되었다.

왕이 손을 들어 윤을 불렀다.

"잘 왔다. 의자를 마련했으니 이리 와 앉아라. 장히 볼만하다."

처용이 예를 갖추어 절하자 왕이 유심히 보며 물었다.

"그대가 처용인가?"

"그러합니다."

"내가 그대를 불렀다. 참으로 장하다. 홍렴에게 얘기를 많이 들었다. 가난한 백성도 짐의 백성임에 소홀했구나. 홍렴이 중책을 맡길 터이니 약초 보급과 재배에 힘써다오."

왕의 처연한 눈빛은 마치 유언을 남기는 사람 같아 윤은 슬픈 마음이 들었다. 처용이 머리를 조아려 감사를 표하고 진지한 눈빛으로 왕에게 말했다.

"저는 당에서 나고 자란 사람입니다. 어릴 때부터 상단의 크고 작은 거래를 보고 배우며 자랐습니다. 당으로 가 오수유와 여러 약초를 들여오고 싶습니다. 이 땅에서 재배하여 백성의 고충을 덜고 싶습니다."

왕이 고개를 끄덕였다.

"좋은 생각이다. 그 또한 홍렴과 의논하라. 너희를 보니 내 마음이 든든하구나. 나라와 백성을 위해 앞으로도 애써다오."

왕은 많은 말을 해 기력이 다했는지 눈을 감았다.

처용은 걱정스레 왕을 살피더니, 왕의 옆자리에 앉았다. 갑자기 졸도하거나 열이 오를 때 유용한 상비약을 품에 지니고 있으므로 왕 곁에서 잘 살필 생각이었다.

공연 연습이 시작되었다. 〈장한가〉의 한 토막을 가극으로 꾸민 것으로 양귀비를 잃은 현종이 양귀비를 그리워하는 내용이었다.

무희들 사이로 홍렴이 걸어 나오며 노래를 불렀다. 자태는 젊은 신선처럼 훤칠하고 목소리는 힘차고도 애절하여 심금을 울렸다.

> 외로운 깊은 밤 그대 향해 간원하네.
> 하늘을 나는 새가 되면 비익조가 되고
> 땅에 나무로 나면 연리지가 되자고
> 천지는 다할 때가 있겠지만
> 이 슬픈 사랑의 한은 끊어지지 않네.

노래하는 내내 홍렴의 눈길은 윤에게로 향했다. 윤은 노래에 취해 그런 줄도 몰랐지만, 처용은 못마땅해 눈썹을 찌푸렸다.

> 반딧불 나는 저녁 궁궐 더욱 처량하여
> 등불 심지 다 타도록 외로이 잠 못 드니

더딘 종과 북소리에 밤이 길다는 것을 알았네.
은하수 반짝이며 새벽은 다가오고
함께 덮을 이 없는 싸늘한 비취 금침
생사를 달리한 지 아득하니 몇 년인가
꿈속에 혼백마저 만나볼 수 없네.

왕을 살피던 처용은 왕의 눈에 맺힌 눈물을 보고 말았다. 왕의 눈길은 하염없이 홍렴만을 쫓고 있었다. 얼마나 오래 저런 눈으로 홍렴을 보았을까. 아마도 홍렴이 흰 얼굴의 소년이었을 때부터일 것이다. 처용은 왕이 홍렴을 사랑하며 다가올 영원한 이별을 슬퍼한다는 걸 느낄 수 있었다.

처용은 윤에게 속삭였다.

"왕께서 기와 신이 두루 상하여 격열이 있으신데 이엔 기쁨도 지나치면 해로워. 시녀에게 더운 물을 가져오게 해. 내게 가루약이 있으니 드시게 해야겠어."

윤은 왕을 걱정스레 보았다. 마침 탕약을 받쳐 든 내관과 함께 시중 양상이 다가왔다.

"폐하, 탕약 드실 시간이옵니다. 내일 보셔도 될 것을 굳이 고집을 부리시니……. 옥체가 더 상할까 두렵기만 한 소신의 마음도 헤아려주소서."

"양상, 내 몸은 내가 안다. 더 상할 것도 없으니 잔소리는 그만하라.”

수라든 탕약이든 칼같이 시간을 엄수해야 하는 양상의 성정을 잘 아는 왕은 한숨을 쉬며 처용에게 일렀다.

“기운이 없구나. 탕약을 좀 먹여 다오.”

왕의 상태로 보아 음식을 거의 먹지 못하고 무얼 먹어도 토하기 일쑤일 것이다. 이럴 때 갖은 약재를 쓴 탕약은 도리어 몸에 부담을 준다. 탕약을 받아든 처용은 어떤 약재가 쓰였는지 궁금해 냄새를 맡았다.

처용의 표정이 바뀌더니 왕에게 탕약을 건네지 않고 내관에게 다시 건넸다. 그러곤 옆에 있던 시위부 대두의 검을 뽑아 양상의 목을 겨누었다. 양상은 경악과 분노로 얼굴이 시뻘게져 주위를 돌아보며 소리쳤다.

“이 미친놈이 무얼 하는 게냐? 폐하를 보호하고, 어서 이놈을 포박하라!”

왕도 윤도 상상 못한 일에 처용과 양상을 번갈아 볼 뿐 아무 말도 못했다.

처용에게 검을 뺏긴 대두가 외마디 소리를 치자, 삼엄하게 호위하고 있던 시위부 항과 졸들이 일거에 몰려들었다. 대두 넷이 동시에 검을 빼들어 처용에게 겨누었다.

“멈춰라.”

어느새 무대를 박차고 내려온 홍렴이 단호하게 말했다. 금세

라도 처용의 몸을 도륙 낼 기세였던 시위부 병사들이 돌처럼 굳어 홍렴과 양상을 번갈아 보았다.

"화주! 이 자가 누군데 여기 있소? 이 자를 당장 포박해 금부로 넘기시오!"

양상이 목에 핏대를 세웠다. 처용은 표정 하나 변하지 않고 홍렴을 향해 나직이 말했다.

"탕약에 독이 들어 있습니다."

홍렴의 눈썹이 꿈틀, 움직였다. 양상의 안색이 일순 하얗게 질리며 눈에 핏발이 돋았다.

"이런 미친놈을 봤나! 화주, 이놈의 헛소리를 더 두고 볼 거요?"

처용은 여전히 검 끝을 양상의 목에 겨눈 채 윤을 돌아보았다.

"계림약방 기억나지? 약방주가 마신 찻잔의 독."

윤은 고개를 끄덕였다.

"같은 냄새가 난다, 탕약에서."

윤은 몽둥이로 뒤통수를 세게 맞은 듯 멍했다. 어찌 그런 일이 있을 수 있는가. 다른 누구도 아닌 양상이 가져온 탕약이 아닌가. 홍렴이 묻는 눈길로 윤을 보았다.

"윤아, 알아듣게 설명해라."

윤은 마음을 다잡고 홍렴을 보았다.

“처용은 냄새를 맡고 맛을 보는 것으로 탕약에 들어간 약재를 구별합니다. 실은 계림약방에서 살인이 나던 날 저희가 그곳에 갔었습니다. 그때 처용이 죽은 약방주가 마신 찻잔에 독이 들어 있다 했는데 탕약에 그 독의 냄새가 난다고 하는 것입니다.”

홍렴의 얼굴이 얼음처럼 차가워졌다.

“저에게 탕약을 주십시오.”

홍렴의 지시에 따라 내관이 탕약을 처용에게 건넸다. 처용은 탕약을 새끼손가락으로 맛보았다.

“산약, 인삼, 진피, 당귀와 반하가 고루 들어 있으나 그날의 독도 분명 들어 있습니다. 그 독이 든 차를 마신 약방주는 독살에 수반되는 구토나 호흡곤란, 변색, 마비 등의 어떤 증상도 없이 잠자는 듯 죽었습니다.”

“화주! 홍렴! 이것들의 말을 믿고 나를 의심하는 거요?”

양상이 악에 받쳐 외쳤다.

“내가 어찌 폐하께 독을 드리겠는가! 가당치도 않다! 폐하! 폐하! 소신의 억울함을 밝혀주소서. 신이 누구인가를 보소서.”

왕이 그제야 막 잠에서 깨어난 사람처럼 흐린 눈으로 양상을 보았다. 눈앞의 일이 이해되지 않는 얼굴이었다.

“그래, 어찌 양상이 내게 그럴 리가 있겠는가. 분명 오해가 있는 것이다. 그런 것이야. 홍렴, 너도 알지 않느냐. 양상은 내 아버지의 피고름을 입으로 빨아낸 가신이다."

"폐하, 아무 말씀 마십시오. 옥체에 해롭습니다."

홍렴이 부드럽게 말하며 왕의 겉옷을 어깨에 덮어주었다.

"소신도 잘 압니다. 시중의 충정을 어찌 모르겠습니까? 늘 폐하께 죽 한 그릇, 차 한 잔을 올려도 꼭 스스로 기미를 한 뒤 바쳤지요. 한데 오늘은 그러지 않았으니 어찌 된 일입니까?"

양상의 안색이 허옇게 변했다.

"시중, 오늘 탕약은 시중이 드시고 결백을 스스로 증명하시오. 그러면 내 처용을 압송하여 물고를 내리다."

양상이 입술을 부들부들 떨며 핏발 선 눈으로 홍렴을 노려보았다.

"내관, 시중에게 탕약을 드려라."

내관이 곤혹스러운 표정으로 건네는 탕약을 양상이 거칠게 쳐냈다. 탕약 그릇이 바닥에 떨어져 깨지면서 검은 물이 땅에 스며들었다. 홍렴의 눈짓과 함께 시위부 대두의 검 끝이 일제히 양상의 목을 향했다. 동시에 항과 졸들이 일사분란하게 사방을 에워싸고 대오를 갖추었다. 양상은 시위부 군사들이 저가 아니라 홍렴의 눈짓 하나, 손짓 하나에 절도 있게 반응하는 것을 목도했다.

두 손으로 땅을 짚은 양상이 홍렴에게 외쳤다.

"홍렴! 이게 다 그대를 위한 일이었소! 내가, 이 내가 간곡히 왕에게 간언했소. 기세등등한 상대등이 언제 모반할지 모르니 화주에게 빨리 양위하라고. 그러나 저 우유부단한 왕은 머뭇거리기만 했소. 그러다 상대등이 들고 일어나 폐위당하기라도 하면 끝이 아니오? 화주, 궁 밖에선 아무도 모를 것이오. 지금 저 무능한 왕을 처치하고 왕좌에 앉아 세상을 호령하시오. 내가 힘이 되어 주겠소."

왕이 맹수에 물어뜯긴 사람처럼 고통스럽게 신음했다. 왕은 비통하게 읊조렸다.

"양상…… 양상…… 그대가 어찌…… 그대가 나를, 나를 죽이려 했다고?"

홍렴이 양상 앞에 몸을 낮추어 나직이 물었다.

"양상, 그대가 흑의당의 수괴인가?"

생선의 눈알처럼 흐리멍덩하던 양상의 눈에 서서히 광기가 어리면서 가면이 벗겨지듯 한순간 표정이 바뀌었다. 윤은 한 사람의 인상이 순식간에 일변할 수 있다는 걸 처음 알았다.

"알아냈느냐?"

말투마저 딴사람이었다. 쏘아보는 눈빛은 증오로 가득했다.

양상이 이를 부득부득 가는 소리가 끔찍하게 울렸다.

"배신자가 누구냐? 내 그놈을 갈아 마실 것이다."

"흑의당 당수 양상. 그대가 나를 이용하듯 나 또한 그랬을 뿐이다. 나는 그대와 손을 잡을 생각이 원래 없었다. 왕을 허수아

비 삼아 실권을 휘두르는 자들은 내 세상에는 없을 것이므로."

홍렴이 부드럽게 대꾸했다.

그때 사복이 달려 들어와 홍렴 앞에 무릎 꿇었다.

"반란입니다. 무장하고 검은 옷을 입은 무리들이 떼지어 상대등의 집을 급습하여 혈전 끝에 상대등이 살해되었다고 합니다."

양상이 클클클 음산하게 웃었다.

"드디어 김흔정 그자가 뒈졌구나! 썩은 이가 빠진 듯 속이 시원하다. 오랫동안 이날만을 기다리며 준비해 왔다."

양상의 광기 어린 눈은 득의만만했다.

"곧 흑의당이 금성을 장악할 것이다. 홍렴, 사방에서 군대가 금성으로 진군해 올 것이다. 이 지긋지긋한 골품의 나라, 썩어빠진 진골의 왕국을 뒤집어엎고 새 세상을 만들 것이다!"

홍렴이 몸을 일으켰다.

"새 세상이 아니라 너와 같은 미친 자들의 세상이겠지. 명분은 그럴 듯하나 살인과 매관매직, 뇌물과 부정 거래를 자행한 죄, 지방 권세가들의 불만을 이용하여 사병을 양성하고 모반을 획책한 죄, 거열로 다스려 마땅하다."

왕이 앞으로 몸을 꺾으며 피를 토했다. 처용이 얼른 왕을 부축했다.

"폐하를 침전으로 모시고 어의를 불러라. 수라를 담당하던 궁녀들을 모조리 잡아들여 옥에 가두고 문초할 준비를 하라."
홍렴이 명하자 내관과 시위부 군졸들이 왕을 가마에 태워 침전으로 내달렸다.
홍렴이 양상의 코앞에 장부를 디밀었다.
"이게 뭔지 알겠느냐?"
양상이 뿌득뿌득 이를 갈았다.
"계림약방 장부다. 반란에 가담한 지방 호족의 자식을 모조리 잡아들였다. 그 아비가 군대를 이끌고 나타나면 아들의 목을 놓고 결단을 내려야 할 것이다. 항복하면 아들도 살려주고 관대히 처분할 것이며 그렇지 않으면 삼족을 멸할 것이다."
양상이 표독스러운 눈초리로 홍렴을 노려보았다. 홍렴의 눈에 냉소가 어렸다.
"양상, 오랜 세월 견디며 때를 기다려온 게 너만이라 생각하느냐? 내가 이겼다. 설치수가 이끄는 병사들이 금성 내부의 반란군을 토벌하기 시작했을 것이다. 관문 밖에선 무주 도독 김의승의 군대가 반란군을 맞아 일망타진할 것이다."
"내가 호랑이 새끼를 키웠구나."
양상이 피를 토하듯 읊조렸다. 홍렴이 외쳤다.
"이 자를 끌고가라. 난이 수습되면 동시 한복판에서 거열형에 처하겠다."
시위부 졸들은 몸부림치는 양상의 사지를 붙들어 끌고갔다.

홍렴이 윤과 처용을 돌아보았다.

“너희의 공이 크다. 큰일을 했다.”

윤은 맥이 탁 풀려 쓰러질 것만 같았다. 오늘이 거사일임을 홍렴과 아버지에게 알린 것은 자신이지만, 차마 양상의 실체까진 몰랐던 것이다.

홍렴이 큰 소리로 사복을 불렀다.

“갑옷과 투구를 가져오너라. 진압을 도우러 가야겠다.”

“알겠습니다!”

사복의 눈에 주군에 대한 경외심과 충성심이 넘쳐흘렀다.

“저희도 데려가 주십시오.”

윤의 말에 홍렴이 고개를 끄덕였다. 윤의 가슴이 조금씩 뜨거워졌다. 바람의 냄새가 달라지고 있었다.

만약 모반의 계획을 미리 알고 대비하지 않았다면 어찌 되었을까. 생각할 때면 윤은 모골이 송연해지곤 했다.

각 주에 은밀히 파발을 보내어 서당군을 차출해 금성 주위에 집결시키지 않았다면, 외할아버지 김의승이 정예병을 이끌고 와 건천 길목을 철통같이 막아주지 않았다면, 홍렴의 지휘하에 화랑군의 용맹한 장수들이 난에 가담한 진골을 기선 제

압하지 않았다면, 아버지 설치수가 병부와 힘을 합쳐 흑의당을 색출하지 않았다면, 그랬다면 어떤 일이 벌어졌을지 상상하기도 어려웠다.

예상치 못한 상황에 맞닥뜨린 적군은 혈전 끝에 싸우다 죽은 자가 삼분의 일, 달아나다 죽거나 잡힌 자가 삼분의 일, 겁을 먹고 항복한 자가 나머지 삼분의 일이었다. 반란군의 우두머리들은 참수했고, 호족들 가운데 항복한 자들은 유배를 보냈고, 그 자식은 사면해 주었다.

반란의 수괴 양상은 동시 광장 한가운데서 거열형에 처한 뒤 효시했고, 부정하게 착복하고 축적한 재산은 국고로 몰수했다. 최두식은 국경 지역으로 유배형에 처해졌으며 가족에겐 죄를 묻지 않았다.

해덕은 자신이 윤과 처용을 죽일 뻔했다는 사실에 충격을 받아 윤을 피하고 집에만 틀어박혀 나오지 않았다. 윤은 그 마음을 이해했기에 그냥 내버려 두었다. 차차 나아지리라 믿었다.

양상의 일로 받은 타격이 너무 커 왕의 병은 돌이킬 수 없는 지경에 이르렀다. 어의들은 백약이 무효라 고개를 저었다. 왕은 중양절 즈음에 홍렴에게 양위하겠다고 문무백관에게 알렸다. 반대하는 이는 없었다.

홍렴은 정무를 주관하기 시작했다. 독서삼품과의 비리를 바로 잡았고 국학에 있을 때 눈여겨보았던 인재를 등용했다. 청렴한 인품으로 칭송받는 대신들에게 인재를 천거 받아 한 사람 한 사람 꼼꼼히 살폈다.

홍렴은 김의승과 설치수를 따로 불러 중책을 맡아주길 요청했다.

“이 중차대한 시기에 내겐 믿고 맡길 사람이 하나라도 더 있어야 하오.”

홍렴의 말이었다. 김의승은 무주에 자신을 기다리는 백성이 있다는 이유로 중앙의 요직은 정중히 사양했다.

“알겠소. 허나 사정부의 경을 맡아 지방에 파견되는 외사정들을 관리해주실 순 있지 않겠소?”

지방 관리를 감찰하는 외사정의 중요성은 아무리 강조해도 부족함이 없었다. 김의승은 나라를 바로 세우고자 하는 홍렴의 의지가 굳음을 알고 받아들였다.

홍렴은 설치수를 이방부경으로 승진시키고 병부대감도 겸직해줄 것을 명했다.

“상대등도 병부령과 사정부령을 겸직했었소. 앞으로 그대가 할 일이 많을 것이오.”

함께 역모를 캐는 과정에서 충직하고 과단성 있는 치수에 대해 홍렴의 신뢰가 깊어져 있었다. 이후 치수를 비롯 유능한 육두품 출신 관료들을 파격적으로 중용할 생각인 홍렴이었다. 골품을 깨는 파격적 인사는 금성을 또다시 흔들 것이다. 허나 뿌리 깊은 골품제의 폐단이 결국 흑의당 같은 반란 세력이 힘을 키울 자양분이 되지 않았는가. 홍렴에겐 명분이 있었다.

"저더러 집사성 사를 맡아달라고요?"
윤이 홍렴에게 외쳤다.
가을이 무르익어 가는 동궁의 월지를 거니는 윤과 홍렴이었다. 집사정 사직은 정무를 논하는 요직은 아니나 왕 곁에서 보필해야 하는 자리다. 경험도 없고 더군다나 여자인 윤에게 주어질 자리는 아니었다.
"이 모든 일의 물꼬를 튼 것은 네가 아니냐?"
홍렴이 단풍 든 나뭇잎을 하나 따 윤에게 내밀었다.
"제가요?"
"네가 장부를 입수하지 못했다면, 최두식이 흑의당의 무리임을 눈치채지 못했다면 우리가 어찌 거사에 대비했으랴. 아니 모든 일에 앞서 비마란타와 너의 인연이 없었다면 어찌 되었겠느냐. 작은 인연이 얽히고설켜 큰 흐름을 바꾸는 물꼬 노릇을 한단다."
홍렴이 건넨 단풍잎을 만지작거리며 윤은 비마란타의 산밭을 떠올렸다. 이제 비마란타 스님은 없지만 처용이 있다. 처용은 당나라로 가서 역병을 고치는 오수유를 들여올 것이다. 오래지 않아 백성들의 손으로 약초를 재배하게 될 것이다. 역병이 돌면 한 마을이 통째로 무너지는 일 또한 차츰 사라지겠지. 흐드러지게 핀 오수유 꽃들이 금성의 봄을 노랗게 물들이는 날이 올까.

'처용과 내가 조그만 물꼬가 되어…….'

"본시 정치란 의로우려 하면 외로워지는 법이다."

홍렴이 웃으며 말을 이었다.

"내가 죽기라도 하면 기껏 애써 갈아엎고 일군 밭이 다시 폐허가 되겠지. 그러니 너는 나를 지켜야 할 책임이 있다."

윤은 젊고 훤칠한 홍렴을 새삼스럽게 보았다. 이제 상대등도 시중 양상도 없는 궁에서 홍렴은 천상천하 만인지상이었다. 그러니 무겁고 외롭지 않겠는가. 그리 생각하니 안쓰러웠다.

"시끄러울 것입니다. 늙은 대신들이……."

"왕인 내가 감당할 일이다. 너는 나를 지키면 된다."

홍렴이 가볍게 말했다. 윤이 고개를 끄덕였다.

"지켜드리겠습니다."

윤이 허리에 손을 짚으며 허세를 부렸다.

"제 아버지는 신라 제일 검, 어머니는 활의 고수이십니다. 제가 지켜드리지요."

홍렴이 소리 내어 웃었다.

"처용에겐 말하지 마라. 겨우 중책을 떠맡겼는데, 당나라에 아니 다녀오겠다 버틸라."

윤이 홍렴을 흘겨보았다.

"보내놓고 못 오게 물길을 막으시는 건 아니고요?"

"그거 좋은 생각이군."

동궁 월지에 둘의 낭랑한 웃음소리가 싱그럽게 일렁였다.

윤은 집으로 말머리를 돌렸다. 지금 집에는 외할아버지 김의승이 묵고 있다. 두고 온 무주 일이 걱정되어 며칠 안으로 돌아가신다고 하니 아쉽고도 허전했다.

올 때는 두고 갈 작정으로 데려온 모대는 다시 김의승을 따라나선다. 홍렴이 모대를 사면하여 모대는 아버지와 재회했다. 다시 만난 날 부둥켜안고 눈물만 흘리는 부자의 모습은 보는 이의 눈시울도 붉게 만들었다. 하지만 범개는 아들이 자기 곁에 머물기를 바라지 않았다.

"가거라. 무주로 가서 도독님을 잘 모셔라. 이제 그곳이 네가 살아갈 자리다. 아비는 여기서 열심히 살 터이니."

모대는 눈물을 흘렸으나 아버지의 마음을 알기에 따르기로 했다.

집에 도착해 대문을 들어선 윤은 뚝 멈추어 섰다. 마당 한쪽 평상에서 외할아버지와 아버지가 바둑을 두고 있었다. 이제 익숙해진 풍경이었으나 윤을 놀라게 한 것은 그 옆에 편히 앉은 처용이었다.

가끔 처용에게 가 머무는 아버지 치수의 눈길은 복잡한 마음을 드러내고 있었다. 그걸 보는 외할아버지의 표정은 이렇게 말하는 듯했다.

'이놈아, 너도 이젠 알겠지? 운영이 네놈을 데려왔을 때 내 마음이 어땠는지.'

그때 뒤가 떠들썩하더니 창과 향아가 손을 잡고 뛰어 들어왔다.

"아버지! 어머니! 할아버님!"

"무, 무슨 일이냐?"

"저, 향아와 혼인하겠습니다! 허락하지 않으시면 향아와 함께 출가할 것이니 그리 아세요."

치수의 얼굴이 시뻘게지며 뒷목을 잡았다. 외할아버지 김의승은 껄껄 너털웃음을 터뜨렸다. 어머니 운영이 안채에서 뛰어나왔다. 손에는 다듬이 방망이가 들려 있었다.

"이놈아! 뭐가 어쩌고 어째? 혼인? 출가?"

창이 이리 뛰고 저리 뛰며 어머니의 매를 피하고 향아가 창을 막아서며 어머니를 말렸다. 이 모든 소동을 외할아버지는 흐뭇하게 바라보았다. 윤은 달려가 처용의 손을 잡아끌고 집 밖으로 나왔다.

둘은 서로 눈을 맞추며 말없이 웃고는 손을 잡고 걷기 시작했다. 집집마다 저녁밥 짓는 냄새가 담을 넘었다. 문득 윤이 어느 집 대문을 가리켰다. 노란 괴황지에 붉은 안료로 그려진 도깨비상이 붙어 있었다. 그 옆집도, 건넛집에도 같은 것이 붙어 있었다.

"요즘 집집마다 하나씩 대문에 붙인다는 부적이다. 이걸 붙여놓으면 역신이 얼씬도 못한다고."

윤의 말에 처용이 고개를 끄덕끄덕했다. 윤이 싱긋 웃으며 덧붙였다.

"부적 이름이 처용이래."

"뭐?"

"네 이름이 사방팔방에 유명해져서 귀신도 두려워한다는 소문이 돌아 그런 것이니 이해해. 신라 사람들이 워낙 부적을 좋아하지 뭐야."

윤은 도깨비가 처용과 똑 닮았다며 깔깔댔다.

"내 방문에도 하나 붙여놓아야겠다. 달 밝은 밤에 역신이 왔다가 혼비백산 도망가게."

허탈하게 웃던 처용이 윤을 다정하게 안았다.

"네가 부적이 왜 필요해? 처용이 바로 네 옆에 있는데."

작가의 말

제 이름으로 나오는 다섯 번째 책입니다. 처음 함께 작업한 출판사 마음이음은 저를 오래 기다려주고 지지해주고 정성을 다해 책을 완성해주었습니다. 마음으로 감사를 전합니다.

글을 쓰다 너무 힘들고 어려우면 강변으로 산책을 나갔습니다. 보석처럼 반짝이는 강물을 보면 힘든 마음도 풀어졌습니다. 아름다움은 소유하지 않아도 우릴 위로해줍니다.

가끔 그런 생각을 합니다. 이렇게 아름답고 생기 넘치고 복잡하며 모순으로 가득한 세상이 차가운 우주의 혼돈에서 비롯되었다니 믿을 수 없다고. 때론 미움과 파괴의 힘 앞에 위태롭게 떠는 것처럼 보이면서도 그래도 잘 버티고 있다고.

이 소설에 나오는 황룡사 9층 목탑은 신라 시대에 지어졌습니다. 당시로는 어마어마한 위용을 자랑하는 탑이었는데 너무 높아 선지 몇 번이나 벼락을 맞아 불탔다고 합니다. 그때마다 정성을 다해 수리했으니 사람들의 사랑을 받는 소중한 탑이었던 게 틀림없습니다. 그토록 위엄 넘치고 아름다운 목탑이 사람들을 굽어보는 풍경을 상상해보세요. 탑은 자그마치 6백 년 동안이나 그 자리에 버티고 서서 사람들과 함께했습니다.

하지만 고려 시대에 몽골 군대가 쳐들어와 안타깝게도 목탑은 불타 없어졌습니다. 흙에 묻힌 초석만이 남아 탑이 그 자리에 있었음을 알려줄 뿐입니다.

고려 시대 문인 김극기가 지은 「황룡사」란 시를 읽어 보면 수백 년이 지나서도 사람들이 그 탑을 올랐다는 걸 알 수 있어요. 사람들은 어떤 마음으로 탑을 올랐을까요? 탑에서 바라보는 풍경은 어땠을까요? 언젠가 그 시대를 다룬 소설을 쓴다면 탑에 중요한 의미를 부여하고 싶었습니다. 로맨스 소설이라면 로맨스가 이루어지는 장소로, 추리 소설이라면 중요한 사건이 벌어지는 장소로. 이 소설에서 그 다짐을 이루어서 기쁩니다.